丸腰だんな

松下 ゆきよし
Yukiyoshi Matsushita

文芸社

丸腰だんな　目次

つやとの出会い

歩き疲れ、しかも腹ぺこの啓三郎は、路傍の石に腰を下ろし一息入れていた。

「待て！」

大声あげながら旅姿の武士が、鳥追い姿の若い女の前に立ちふさがった。

女はきりっと立ち止まり、臆した様子もない。

「なんですねえ、さっきから私の後を追っていながら、突然大声出して……」

「きさま、最前、茶屋の前で拙者の財布をスッたであろう」

武士は、かなり興奮した態度で怒鳴り散らした。

女は笑い出した。

「旦那、確かにあんたとすれ違った覚えはあるが、その前に、あんたの横を通り抜けた年増の女がいたでしょう。あれはね、この界隈では有名な〝スリのおいはん〟ですよ」

「いいかげんなことを言うな！」

武士は刀に手を掛け、居合腰にすり寄った。

女はまだ笑っている。

「旦那、人だかりもしましたよ。勘違いをして、恥の上塗りをしない方がいいと思いますがねえ」

「黙れ……」

武士はかなりの使い手らしく、居合抜き一刀で女を斬る気構えである。

旅馴れして度胸もあり、いささかの心得があるのか、女もきりりと身構えた。

「危ない――」

啓三郎はとっさに小石をつかんで武士の右手に投げつけた。すきっ腹を忘れて飛び出した啓三郎、

「ご無礼であった。がしかし、おぬしも少し気が早すぎる」

武士の面前に立って窘《たしな》めた。

武士は、思いのほか素直であった。

「大切な書面が入った物をなくし、つい興奮して間違いを犯すところであった」

女も、あっさりとしたもの。

「驚いたね……、すんでに命がないところで……」

にこにこ笑っていた。

女は啓三郎に向かって、礼を言うのでもなく、

「旦那、あんた腹ぺこだね、これでよかったら一緒に食べませんかね」

と弁当包みを差し出して笑いかけた。もちろん啓三郎が断るわけがなかった。

気抜けした武士は、

「拙者先を急ぐ者、失礼致す」

いま来た道を大急ぎで引き返して行った。

啓三郎は「面目ないが、一文なしで……」、握り飯を口にしながら頭をかい

た。

「わかっていましたよ、道中ふらふらした姿を見かけていましたから、それが、ここで『命の恩人』とはねえ。ところで旦那、これからどちらへ」

「ハハハ、気の向くまま、足の向くまま、と言うかな」

　気さくに笑った。

「旦那、ご縁というものですね、私も同じですよ、ハハハ、ハハハ」

　女の笑い声には、歓喜があった。

「旦那、一つ聞いてもいいですか。私の名前はおつや、旅芸人のなれのはてです。旦那のお名前、ご身分は？」

「ご身分と名乗るほどの者でもないな、でも飯の恩人には言わずばなるまい。新藤啓三郎で元は武士、が、今では〝風来坊の啓三郎〟とでも言うかな」

「着流しの丸腰に鉄扇が一つ、遊び人とは見えない身構え、おまけに美男子、わけありとは思っていましたが、やはりお侍さん。これからは、〝啓さん〟と呼ばせてね。私を〝つや〟と呼んでね」

　誰が見ても、すっかり夫婦気取りの二人連れ、どこ行くあてもない旅を続けることになってしまった。あいあい気合とはこのこと、今日会ったばかりの二人が並んで歩く姿に、道行く人が振り返るほどであった。

　次の宿、さすがに同じ部屋とはゆかなかった。二つ並んだ隣部屋、でも食事はつやが持ち込んで並んで食べた。つやは意外と酒が強く、啓三郎を困らすこともあった。

　そのうちに宿の玄関口が騒がしくなった。あいにく満室だからと断る亭主に、無理無体を押し通す三人連れの浪人がわめいていた。ほろ酔いのつやが下りて来て、

「おまえさん方、はた迷惑だよ！」

　いきり立った三人連れが、わめきながらつやの足元に詰め寄って来た。つやは飲み止《さ》しの酒を浪人の顔にぶっかけた。騒ぎは大きくなり、浪人たちは刀を

抜いてつやに向かった。

「ほう。大の男三人がかりで、このおねえさんを斬るというのかい。面白いね、さ、斬ってごらんよ」

「待て待て、つやさん、元気が良すぎても困るよ。さて三人衆、外で話をつけましょう」

啓三郎が先になって外へ出たから、浪人三人もぞろぞろと出て来た。

「どう話をつける……」

力む三人。

「満室に泊めろと言うあなた方が良くないと思うが……」

と、けろりとした啓三郎。

「ううん小癪な、斬れ」

と一人が叫んだ。

小太り浪人が、正面から啓三郎に斬りかかった。

啓三郎に、さして動いた気配はなかったが、小太りの男は啓三郎の前に長々と横たわり、呻いていた。左右から、やせ形とずんぐり形の浪人が斬りかかった。あっと言う間もないほどの早業、ずんぐりもやせ形も、仲良く並んでへたり込んで立てなくなっていた。

ようやく役人が来て、転がっている者たちを引っ立てて行った。

「啓さん、惚れ直したわ……、ありがとう」

「よせよせ、あなたも少し酒が過ぎたようだぜ」

二人は部屋に戻った。

その後その夜は、静かに更けていった。

宿の用心棒

朝になって、出立の支度をしているときに、宿の主人が、ひどく畏《かしこ》まった態度で啓三郎の部屋に入って来た。

「旦那様にお願いがありまして……」

啓三郎は気さくに、

「世話になったな。宿賃はきちんと支払うから心配するな」

「ヘエ、そうではなく、あのう……、もうしばらくご滞在をお願いしたくて」

と頭を畳にすりつけた。驚いたのは啓三郎、

「亭主、私が何か不都合でも……」

「とんでもございません、実は昨晩この町八家の宿の主人が寄り合いを致しまして、貴方様のようなお方に、今しばらく滞在していただき、この町の悪を成

敗していただきたいものと」

「ふぅん。と、宿の用心棒になれと……」

亭主あわてて手を振りながら、

「いえ、〝守り神様〟としてこの町に住んでいただき、昨日のような悪侍を懲らしめてもらいたいものでして」

汗びっしょりになりながらの必死の頼みである。

「代官役人がいるであろうに……」

「それが、その……」

この飯田町は戸数わずか八十戸ばかり、人口も三百足らずの町だが、温泉と果実、野菜も豊富で料理も美味しく、道中の客ばかりでなく遠来の客も多く、繁盛している。ところが、最近は「栗田一家」の親分が幅を利かせて、高額の〝みかじめ料〟を取るようになった。町の役人は親分に丸められて見ないふり。時には昨日のような乱暴者をよこして、芝居をしては役所の体面を繕う始末。栗田一家と役人、そして浪人者はぐるなのだと、涙ながらに語った亭主。

啓三郎の性分の〝虫〟がうなりだした。別に急ぐ旅ではない。ここ一番、悪者退治をやってやろうと考えた。

「啓さん、人助けになるよ。しっかり頼みますよ。あたし、やり残した仕事がありますんで、ちょいとお別れします。またね……」

つやは宿から去っていった。

町の人たち総出の作業が始まった。啓三郎の仮住まいも出来て、万事一切の世話は町民が回り番でやってくれる。暫時平安の日がつづいた。

ある日、厳めしき服装の役人が、捕り手を引き連れ乗り込んで来た。

「その方の宿に、お手配中の罪人を匿《かくま》っていると聞いて参った。即刻これに連れ出せい！」

高飛車の物言い。亭主縮み上がって物も言えない。

現れた啓三郎、

「随分乱暴な方々だ。お手配中とは、どんな顔した者かな」

「うーん、きさまだ」

「なんとなんと、どれ、その人相書きを見せなさい。ほほう、似てはいるが、男前がちょいと気に入らないね」

「うーむ、ふざけるな。それ、召し捕れい！」

役人が号令すると、啓三郎は素早く外に飛び出した。

「逃がすな、召し捕れ！」

一段と声高に叫んだ。しかし軽くあしらわれて、役人は一人も啓三郎の側に近付くことさえできない。たちまち人だかりで大騒ぎとなった。

「啓さん、また始まったね」

いつ来たのか、つやが飛び込んで来た。

「あたしにお任せ……」

と役人の側に駆け寄って、指揮する役人の耳元で囁いた。

役人は驚いた表情を見せ、

「やめい、引け、全員引け！」

慌ただしく引き揚げてしまった。つや、啓三郎ににっこりと笑いかけると、手を振りながら群衆と共に姿を消してしまった。素早い動きだった。

宿の亭主はますます啓三郎を〝助けが神〟と崇めながら「ただなる人ではない」と考え始めた。そして、〝つや姉さん〟への関心も強くなるばかりであった。

啓三郎も、つやなる女は、私を警護するため近付いてきた者、と考えた。ともあれ、のんびりとした町の様子が一変した。あれから間もなく飯田町代官役人が入れ替わった。賑わい活気ある温泉町に立ち戻ってきた。

啓三郎も、すっかり町の生活に馴染んできた。居心地よい飯田町を離れがたい気持ちにもなっていた。しかし、定職のない引け目もあり、町の子供たちを集めて〝寺子屋〟を始めた。ところが、子供ばかりではなく、周りの娘たちが多く押しかけ習字の手習いを始めた。若者たちの出入りも多くなった。宿の主人は本業を忘れて、ついには、道場まで建ててしまった。

啓三郎も飯田町に腰を据えざるをえなくなった。つやも時折顔を出して何くれと世話をしていた。

啓三郎が、改まってつやに問いただす日が来た。やはり、つやとは仮の名、直心影《じきしんかげ》流道場の主、新藤三左衛門の愛娘であった。三左衛門は、二十五万石城主の指南番を務める身分で、啓三郎の祖父であり義父でもある。つやの姉が城主の奥方となり、双子を産んだ。当時は双子の片割れは、不吉の者として処分される運命であった。城主と図って三左衛門が実子として啓三郎を引き取り育てた。ちょうどその頃、三左衛門の妻が出産の時期を迎えていたのが幸いして、だれ疑うこともなく事は運んだ。妻が産んだ実子が八重（つや）であったが、密かに親戚に養子として出された。

啓三郎が三左衛門の子供となって翌年に、弟となる香次郎が生まれた。仲の良い兄弟として共に腕達者であったが、道場の相続問題で新藤家では苦心をする事情が生まれた。やがて、事の次第は啓三郎の知るところとなり、啓三郎が放蕩して家出を決意するに至った。弟香次郎に道場を継がすのが目的でもあった。啓三郎の義理の姉となる八重（つや）は、父三左衛門の依頼を受け、養子先の許しを得て啓三郎の警護役を引き受けたのである。

つやの素性を知って、啓三郎は運命のいたずらを嘆いた。啓三郎を我が子として育てるため実子の八重を養女に出した義父、義母の心境はいかばかりだったであろう。義弟の生まれたのを幸いに旅に出た自分の境遇にも、人の世の不思議な縁のつながりを想うのである。

低く舞うトンビの鳴き声、空を見上げて嘆息の一時であった。道端で遊ぶ子供の楽しそうな姿、心洗われて歩き出した。

〝早馬〟が来る。子供が危ない。啓三郎の体が宙を飛んだ。子供は助かった。

啓三郎の機転が子供一人の命を救った。胸のすくような出来事だった。

月日が流れて、近頃では啓三郎を〝丸腰だんな〟と呼ぶ人が多くなった。親しまれ敬われる〝丸腰だんな〟ではあったが、毎日が多忙でもあった。すっかり町人暮らしに馴染んで、身ごしらえも侍らしきところは感じられないほどであった。ただ、角帯にしっかりと差し込んだ〝鉄扇〟だけは、一刻も手放すことはなかった。鉄扇は、兄弟別れの節に母親（城主奥方）から授けられた品物で、幼少の頃から身に付けて離さなかった。少し長めの扇で、骨組みが鋼鉄、薄茶色で、持ちやすくできた格好な品物である。開けば「誠心」の文字だけ。めったと開いたところは見られなかった。防御にもなり攻撃には鋭い武器となるもので、啓三郎の愛用の品。

宿屋は大繁盛し、道場は忙しく、人の途絶える日とてなかった。道場は、町民の寄り合い場所でもあり、町のまつりごとにも利用された。

「丸腰のだんなー」

駆け込んで来た若い大工職人の女房が、「早く来て、早く来て」と、次の言葉が続かないほど慌てた様子。

「まあまあ、お茶なりと飲んで……」

啓三郎が差し出すお茶を一気に飲んで、

「殺されます、亭主が殺されます」

わが家の方向を指さすだけだった。

「よし、わかった！」

何はともあれ行かねば状況が知れない。啓三郎の足は速かった。

大工の源次が、今や侍に一刀両断される寸前であった。仲に割り込んだ啓三郎の身構えに、刀振りかぶった侍が、一歩飛び下がった。啓三郎の手に持つ鉄扇が、ぴたりと自分の喉笛を狙っている鋭さに驚いたのである。

「旦那、相手は町人大工です。失礼があったなら私がお詫びします」

と丁重に頭を下げた。

侍は、穏やかな顔に戻り、刀を鞘に収めながら、

「拙者の頭にノミを落とした、躱《かわ》す間がなくば大怪我であった。無礼打ちとはいえ、怒りに任せて人殺しをするところであった」

侍は何事もなかったように立ち去って行った。余程の人物であろう。啓三郎の腕を見抜き、そして物分かりの立派さ、軽輩者ではできないことである。

「丸腰だんなのお陰で命拾いしました。あっしが屋根からノミを落として、斬り殺されても仕方がなかったんで……」

「過ちとはいえ、武士の頭にノミなど落としては無礼打ちもあり得る。やれやれ、間に合ってよかった」

「だんな、亭主を助けてもらってお礼の仕様もありません」

と大工女房が地面に手をつきへこへこ。喜んでいるところに、

「旦那早く来て！」

と寿司屋の親父が飛び込んで来た。

「こんな不味《まず》い寿司を食わせて金を取るとはけしからん！　と、旅の五人連れが暴れていますので……」

息も切れ切れ。

寿司屋では、飲んで食べて〝ただ食い〟目的の、やくざ者が暴れていた。

「あんたたち、無銭飲食のうえ暴れては困るんだがね」

啓三郎は柔らかく説き聞かせようとしたが、その様子から当初から計画的な乱暴者と判断し、容赦なく外へつまみ出してしまった。今度の役人は迅速果敢、素早く駆けつけ乱暴者を片付けてくれた。なんとも忙しい啓三郎ではあった。全くの〝守り神〟でもあった。

また宿の主人が畏《かしこ》まって啓三郎の前に手をついた。

「実は、お嫁さんの話がありまして……」

「ほう。ここの若者に嫁御を迎えるか」

「いやいや、貴方様に是非嫁ぎたいと申す娘がおりまして……」

「なに、私のことか！　嫁御など、まだまだ考えてもいないぞ。ご主人、今後このような話を持ち込めば、私は旅に出ますぞ！」

意外な啓三郎の言葉にびっくりした宿の主人は慌てた。その後は嫁話は一切しなくなった。温泉宿の人気は高まる一方であった。

ある日、立派な駕籠一挺が宿の前で止まった。城の跡継ぎである啓三郎の兄が、お忍びで会いに来たのである。

双子の兄弟の運命の定めとはいえ、腹の内に収めた言い難い気持ちは、察して余りあるものがあった。付き添ってきたのは義理の父と義理の弟であったが、万事内密の顔合わせ、腹芸であった。別の部屋で一人泣いていたのは八重、すなわちつやであった。

終わって、晴れ晴れとした啓三郎の顔、お家を想う顔がそこにあった。城も安泰、義父の道場も平安無事に繁盛している様子。これで啓三郎の思案、家出した大義名分が立った。

陰の大役を果たした八重（つや）の任務も、無事に終わりを告げるかに見えた。しかし、二人はまた旅立ちを決意した。

つづく二人の旅

自由闊達、放浪満足の旅である。啓さん、つやさんと呼び合う二人を、誰しも夫婦として疑いをもたなかった。でも宿は二つの部屋に分かれて休む二人でもあった。

夜中、廊下を忍び足で歩く二人の男女があった。つやが先に気が付き、戸の透き間に目を当てた。若い二人の思い詰めた顔と姿に驚いた。悪者ではなさそうだが……、つやの勘に閃《ひらめ》くものがあった。――心中だな?

つやは飛び出して二人の前をふさいだ。びっくり慌てた若者男女は声もたてなかった。つやは素早く二人を自分の部屋に連れ込んだ。

兄の名は佐々木政好で二十一歳。歴とした侍身分の若者だった。妹は矢枝、十八歳。

仇討ち道中の途中で、この宿に着いて気が付いたのは、肩に掛けていた包みがなくなっていることだった。途方にくれた二人は宿では迷惑、外に出て〝心中〟のつもりだった。つやの勘が的中。

「啓さん、どうします」

「事情を聞いては、放っておけまい。まあ、今夜は静かに寝て、ゆっくりと考えよう」

「そうだねえ、今騒いでもはた迷惑、お二人は今夜は、ここで寝なさい。佐々木さんはあちら、矢枝さん？　あら、私と同じ名……。そう、文字が違っているのね、でも不思議な縁だね」

早朝から四人が額を合わせて相談した。まず包みの中の仇討ち免許状。通常のスリなら周辺に投げ出しているはず。悪の悪なら、免許状を種にゆすりにかかる。常連でスリ稼業で暮らすものなら、大切な書面などはどこかで人目につくように心得ているはず。男女の話を総合して考えていたつやが、

「啓さん、これは厄介だね。きっと今日の出立の時刻に、くせ者が二人の部屋に来るね」

「つやさんの勘は鋭いから、待ってみるのも一策だなあ」

二人を自分たちの部屋に帰らせて、「静かに寝たふりをしていなさい」と指示した。

夜明けの朝は忙しく騒々しい。つやの勘は大当たり。職人風ではあるが、あれはスリ、啓三郎が押し入れの中に潜んでいるが知るよしもない。二人の部屋に入り込んできた。

「おう、いつまで寝ていやがる。お前たちの大切な品を届けに来てやったんだ。早く起きてお礼の一つも言いな……」

すごい剣幕だった。

押し入れから飛び出した啓三郎、

「おう、その礼なら私がするぜ」

少し凄んで見せた。

スリの驚きようは大変なものであった。逃げ出すにも、後ろにはつやが控えていた。

結局は、スリが免許状と金の一部を返して、その場は収まった。もちろんスリは番所に引き渡された。これで二度目のスリ事件であった。しかも仇討ち免許状にからんだ事件であった。

「よかったね……」

「うん、いい気持ちだ」

二人が揃って宿を出たのは、昼飯を済ませた後であった。どんよりとした天気ながら、二人の気持ちは晴れ晴れとしていた。

つやとの別れ

つやが、

「啓さん。そろそろ私、家に帰ろうと思っているんですがね」

ときり出した。

「私もそれがいいと思う。家族の方々も心配しているであろうし、あんたもいつまでも娘ではおれまい」

「嫌みを言うわね、啓さんだって……、でも本当に楽しい旅だった。私の役目も終わったしね！」

いささか寂しさの混じった言葉遣いだった。捨て身で啓三郎を援護してきたつやも、〝八重〟に戻って養子先に帰らなくてはならない日が来たのである。

同い年の叔母と甥の仲で、助け合って道中を続けた二人の心境には、また格別の情があったであろう。

「会いたければいつでも会えるもん……ね」

「お互いにこれからが人生だからね！」

啓三郎の言葉には、万感の思いがこもっていた。二人は右と左に別れて街道を歩み出した。八重が弾くのであろう三味線の音色が、別れを惜しんで聞こえたり、励ましの声となって啓三郎の耳に届いた。

一人旅の淋しさもあってか、啓三郎の足取りは重かった。

「へい旦那、駕籠はいかがで」

人のよさそうな駕籠屋が声をかけた。

「そうだな、駕籠に乗るのもまた一興かな」

にこにこと駕籠に乗り込んだ。

「へえ、どちらまで……」

「うん、次の宿場までやってくれないか」

駕籠が動き出してしばらくして、駕籠が動かなくなった。

「どうした駕籠屋さん。体の調子でも悪くなったか」

と言いながら簾を開くと、四、五人の駕籠かき同僚と見える男たちが前棒を押さえて立っている。駕籠屋はブルブル震えながら声も出せないでいる。

「あなた方は、私の旅の邪魔に来たのかね！」

「そうじゃあございません。こいつらモグリでございまして……」

ごろつき駕籠かきの一人が言った。

「ほほう、聞いてはいたが、つまりあなた方は、強請《ゆすり》たかりという者か！」

「おいらたちの商売にも仁義というもんがあってな、こいつら挨拶なしに客を乗せているから、仁義を通せと言ってるんだ！」

「なるほど。で、仁義料は幾らだな」

「まず二両だな……、と言ってもまだ稼ぎもないようだから、まま半金の一両に負けてやるから、さっさと出しな！」

真っ青になった駕籠かき、啓三郎の顔を見上げて首を振った。

「やいやい、出さねえという魂胆か！」

と、ごろつきの一人が駕籠かきを足蹴にしようとした。啓三郎はとっさに相手の腰骨に、鉄扇でポン。ごろつき駕籠かきが、見事にひっくり返った。

「私が雇った駕籠屋である。乱暴は許せない」

啓三郎の早業と腕の力に怖じ気づいた残りの連中は、倒れた男を抱え込んで逃げて行った。

「旦那、申し訳ありません。助かりました」

「乗り合わせたのも縁というもの。もし、今後このようなことがあったら〝丸腰だんな〟と親戚だ、と言ってやりなさい」

「へへえ、旦那が、あの有名な丸腰だんな様で」

駕籠屋は調子よく動き出し、間もなく目的の宿場に入ってきた。駕籠屋は助けてもらったうえに祝儀まで貰って大喜び。

駕籠に揺られた体をほぐしながら歩いていると、

「旦那様、お宿なら私のところへ……」

中年の女が呼び込みに来た。招かれるままに啓三郎は、一泊の都合で宿に入った。とたん、

「お客さん……知っているかい、この宿屋にはな、『お化け』が出るんだぜ！」

と、すれ違いざまにやくざ風体の男。

女将は迷惑そうな顔をしながらも、

「お客様は、やはり丸腰の旦那様で……」

「ちと恥ずかしいなあ、なぜ、私をここに呼び込んだのかな」

「飯田町をお立ちになったという噂がこの町にも届いておりまして、もしやと思い毎日こうして外でお待ちしていました。ぜひにこの宿にお泊まりをお願いしたくて」

「なるほど、えらい手回しが早いと思ったが、そんな事情があったか。いいで

すよ、あのような悪がいる限り、ここにお世話になりましょう。それと、『お化け』にも会いたいしね、ハハハ」

「お化け話は本当で、実は私の娘に横恋慕した回船問屋の若旦那が、役者崩れの男とやくざを使って意地悪しているのでございます。わかってはいるのですが、お客が怖がりまして――」

「おおよそ事情はわかりました。一度懲らしめてやりましょう。ところで今晩あたりお化けのお出ましがあるかもしれない。女将、八百屋に行って、なるたけ多く卵を買ってきておいてください」

啓三郎の意図がわからない女将は、吃驚《びっくり》しながらも、急いで籠一杯に卵を買ってきた。

「庭の全面が一番よく見える部屋に私を泊めてください。それから、今晩のお客様には、どんなことが起きても驚き騒がないで、芝居見物のつもりでいてくれと伝えておくといい」

万事指示を与えて、お化け時刻を待つばかり、丑三つ時となった。ごそごそ動きが始まった。灯籠の陰から人魂がちょろちょろ……ふふふん、ふふふんの声、いよいよ始まった。

啓三郎の卵の飛礫《つぶて》が素早く飛んだ。灯籠の陰に隠れた〝幽霊〟が悲鳴をあげて転がった。また一つ、また一つと次々と卵が八方に飛んで、庭一面に〝お化け〟が転がった。女将の話した通りの、やくざ一味の正体がさらけだされた。卵とはいえ、啓三郎の飛礫をまともに受けては暫時動けたものではなかった。宿の客の拍手喝采、まるで大芝居の観覧のようであった。お化け一味はもともと雇われ者たち、恐れ入って引き揚げていった。啓三郎の卵の飛礫は、傷つけず効果的な、相手に対する思いやりであった。

啓三郎の部屋に宿の女将と娘が入ってきた。二人の丁重なお礼の言葉と金子《きんす》五両が、お盆に載せて差し出された。

「女将さん、私はね……」

後をおさえ宿の女将が畏まって、

「旦那様のお気持ちは私たちも察します。これに懲りて手を引く相手ではありません。誠に勝手なお願いでございますが、この子を旅に連れて出ていただきたいと考えまして。回船問屋の若旦那の諦めがつくまで、どうかこの子を連れて回ってください」

なんとも、とっぴょうしもない話だが、宿の女将は真剣そのもの、大真面目の頼み。

「私、菊江と申します。旦那様のお言い付けを守ってお邪魔にならないよう気を付けます。家にいて怖い思いは死ぬより辛うございます。お願い致します」

二人に真剣に頼まれ、啓三郎もまんざら嫌な気持ちでもなかった。めっぽう美人との道中もまんざら悪くないとも考えた。

「引き受けてもよいが……、私も独身者、娘子も大切な女将の跡継ぎであろう。万事！　その……、うまく行かない場合でもあったら？」

「旦那様にお願いする限りは、たとえどのような始末になりましょうとも、苦情は一切申しません」

女将の思い詰めた頼み、啓三郎も嫌だと言えなかった。

啓三郎は、菊江を連れて宿を発《た》った。町を通り抜けて地蔵峠辺りまで駕籠に乗った。良い天気、海が青々と小波《さざなみ》に揺れていた。爽快な気分であった。旅の面白さを十分に味わった啓三郎ではあるが、菊江は初めての旅でもあり、伸び伸びとはできなかった。

「菊江さん、ここに来て海を眺めてごらん、今までの苦労も忘れる良い気持ちですよ」

啓三郎は、菊江の気持ちをほぐそうと海のよく見える場所に菊江を誘った。言われるままに小高い木の株に腰を下ろした。こんなにゆったりと海を眺めたのは初めての菊江は、思わず声をあげた。

「どうです、あんたの人生はこれから大きく広く開けるのです。早く心の傷を癒して、おっ母さんの元に帰れるように努力しましょう」

美しい風景を眺めながら、次の宿場にと脚を速めていた。

「おーい、仇討ちだぞー」

人の駆け集まる足音、二人も近付いてみた。驚いたことに宿で救った二人の兄妹が、屈強な侍と立ち合っている。

「菊江さん、あんたはここを動かないで——」

声を残して立ち合いの現場に踏み込んだ。

「わけあって縁につながる兄妹である。助太刀致す」

「丸腰殿……」

あとは、声にならない兄妹であった。

「何人来ても同じだ。可哀相だが返り討ちだ」

敵は強気である。

啓三郎は手で合図をしながら、兄を右に妹を左に向かわせた。正面に啓三郎がすっくと立ちはだかった。敵は、いささか勝手が違って戸惑ったふうではあるが、剣の腕はかなりのもの、左下段から少しずつ上段に移していく切り返しの技、正に念流の極意。とても兄妹の敵ではなかった。

啓三郎は兄の小刀を素早く抜き取り、鉄扇を右手中段、小刀を左手にだらりと下げて構えた。敵が二、三歩後ろに下がった。剣先をやや右寄りにして中段に移した。啓三郎の力を悟った敵の動きである。

焦る兄妹をなだめながら、敵の動きに気を配る啓三郎。敵の剣先がきらりと光った瞬間、啓三郎の左手の小刀が飛んだ、同時に「突け!」との鋭い号令、兄妹弾かれたように夢中で侍の脇腹を突いた。見事に成功した。啓三郎の投げた小刀を払い退けた一瞬の隙であった。本懐を遂げた兄妹は抱き合って泣いていた。

二人は故郷に向かって帰って行った。我が事のように喜ぶ啓三郎の姿に、菊江はただ見とれるばかりであった。

風変わり飯屋の親父

二人連れがたどり着いた所は、今までにないひっそりと静かな町。宿屋らしきものも見当たらず、ぶらぶら歩いていたら、赤提灯をぶら下げた飲み屋があった。提灯には「丼泉」と鮮やかな文字があった。とりあえず食事でもと丼泉に入った。が、いらっしゃいとも言わなければ注文も聞かない。

「ご主人、何か食事を……」

ギョロリ啓三郎の顔を見上げた親父は、横に並んだ棚を指さし、黙って台所に入ってしまった。隣の席で飯を食べていた人が、

「お客さん、この棚にある品物を勝手に取って食べればいいので」

と教えてくれた。なるほど、小魚や煮物が代金書とともに奇麗に整頓して並べてある。どんぶり飯が幾つかあった。客が勝手に食べて銭箱に代金を入れて

出て行くのを見て、ようやく合点のいった啓三郎。小魚の煮物とどんぶり飯を取って、菊江と並んで食べていた。

親父が奥から出て来て、菊江の前に大根と子芋の煮付けを入れた皿を差し出した。

「娘の道中は難儀なものだからな。これは俺の奢《おご》りだ」

顔付きに似合わない優しい声だった。

「有り難う、ご主人」

「おまえさんにやったのではない」

またぎょろり。だが食べ物がすばらしく美味しい。特に飯の美味いこと、逸品であった。隣の男がまた教えてくれた。

「ここの親父は有名な旅籠の板前だったが、お客と諍《いさか》いがあってこの町に来て料理屋を始めたんだ。少し変わり者だが、腕も気っ風《ぷ》もいい親父だぜ」

感心しながら話を聞いているとき、奥から飛び出して来た親父が、いま店を出ようとしている浪人者の襟髪をつかんで引き戻した。

「無礼者！」

カンカンの浪人者が刀に手をかけた。

「飯代を払ってから抜きなさい」

けろりとした顔の親父。

「浪人とはいえ、お侍さんが〝ただ食い〟はいけないね」

落ち着いた親父の説教だった。

「いや、申し訳ない。勝手に食べて勝手に出ようとした拙者が悪かった」

素直に銭箱に入れて出て行ったからよかったが、それにしても親父には武芸の心得があるようだった。

ともかく食べて外に出た。

「この辺りには宿屋はねえぞ。あそこの山を越したら『泉屋』という旅籠がある。あそこに泊まるといい」

親父が親切に声を掛けてくれた。人は見かけによらぬもの。それにしても変わり者、よくあれで商売ができたものだ。語りながら山道を通り抜けて町並に入った。

こざっぱりとした奇麗な出店も並ぶ町だった。泉屋はすぐに見つかった。大きな看板と人の出入りに活気があった。快く二人を受け入れてくれたが、夫婦泊まりの部屋に案内され、慌てて啓三郎が別部屋を注文した。首をかしげながら隣の部屋を用意してくれた。一泊することになった。

夜更けになっても、二階のどんちゃん騒ぎが終わらなかった。啓三郎が女中に聞くと、大金持ちの若旦那が時折に大散財し、大騒ぎでお客様にはご迷惑をお掛けしていますとのこと。

「なにもあんたが謝ることはない。はた迷惑を考えない人だな、あれなら馬鹿旦那だね」

やがて静かにはなったが、酔いどれ男たちが廊下をうろうろしだした。一人泊まりの女を探して怪しからん振る舞いをすることもあるようで、菊江の部屋にも入り込んだ男があった。菊江の声で部屋に飛び込んだ啓三郎が、鉄扇でぴしゃり。この男が大金持ちの馬鹿旦那だった。

「遊ぶのはいいが、他人《ひと》の迷惑も考えてはどうかね」

「金が欲しいのだろう、そら、金なら幾らでもやるぞ」

啓三郎の鉄扇が再度ぴしり。今度は手加減なしの怒りの一振り。馬鹿旦那は気絶してひっくり返った。おどおどしている宿の主人に、

「責任はこの私が引き受けるから、馬鹿旦那を寝させてやりなさい。しばらく頭を冷やして寝かせておけば元に戻るから、心配しなくてよい」

朝になって、宿の主人と同行して、あの馬鹿旦那が謝りに来た。昨夜の元気もどこへやら、宿の主人の背中に隠れて小さくなっていた。

「すみませんでした……」

「私こそ乱暴してすまなかった。今後は他人の迷惑を考えて楽しい遊びをやり

なさい」

　啓三郎の心こもる説教だった。あっさりと片がついて、宿の主人の安堵した顔が印象的だった。

　帳場に下りて来た啓三郎が、

「ちょっと尋ねたいことがありますが」

　と話しかけると、

「まま、こちらにどうぞ、昨晩はどうも……」

「いやいや、その話ではありません。この先の町で『丼泉』と大きな文字の赤提灯の飯屋があって、そこの親父さんがこの宿を教えてくれたが、何か子細がありますか」

「さようでしたか、やはり、この泉屋を思っていてくれましたか。実は、喜平さんという腕の良いこの宿の板前さんでしたが、ふとしたことからお泊まりのお侍さんと争いができまして、喜平さんも元はお侍、相手の方が亡くなられました。役所では相手が悪いとお咎めはなかったのですが、心がすまぬとおっしゃって、この宿を出られ、あの町で店を出されましたが、それは立派な板前さんでした。店の名前が『丼泉』というのも、泉屋を忘れない思いやりの提灯の文字でございましょう」

丼泉の親父の正体を聞き、世の中いろいろな考えの人々がいるものだ。義理人情の厚い人が多く住んでいる町は、やはり明るさと活気がある。宿を出た二人、人情話をしながら歩く足取りも軽く、町外れの地蔵堂辺りまで来ていた。

誘拐された娘を助ける

お堂の中から人の話し声と泣き声が聞こえてきた。泣いているのは若い女子《おなご》のようである。聞くともなしに二人の耳に入ってくる話の様子が異常に聞こえた。

啓三郎が地蔵堂の扉を開いて中をのぞいた。旅人姿の男が、盛んに女子に凄んだり宥《なだ》めたりしていた。泣いていた女子が啓三郎に取りすがって、

「おじさん助けて」

と叫んだ。

「やいやい、親子話の最中だ、他人の文句など聞かねえぞ」

旅人風の男が力んだ。啓三郎の足元にすがっていた女子が、啓三郎の顔を見上げて首を強く振った。

「この子の様子では、親子とは言えないようですな」

女子を菊江に預けて、啓三郎は旅人風の男の正面に立った。

「おう、さんぴん。俺をどうしようってんだ……、ええ」

後ずさりしながら男が怒鳴った。

「あんたの出方次第だな。あまり感心できない仕事をしているようだな」

「この子が町を見てえと言うから、案内してやろうと思っただけだ」

啓三郎の勢いに押され、一言残して飛び出して行った。

「もう心配ないようだ、話してごらん」

啓三郎の優しい言葉にすっかり安心したのか、名は静、九歳、あの井屋の町から誘拐され、ここまで連れてこられ、いたずらされそうになったと告げた。

驚いた二人、早速、静を連れて井屋の町まで引き返すことになった。静は菊江に手を引かれ、最前の怖さを忘れたかのように跳びはねながら歩いた。

町では、あの静けさはどこへやら、大騒ぎが始まっていた。庄屋の娘が〝神隠し〞にあったと、町中の人が集まり八方手を尽くしている最中。

静の元気な姿にびっくり、静を連れている二人を見た丼屋の親父が二度びっくり。安心と喜びで、町は一変してお祭り騒ぎとなった。

出稼ぎの多い町で、昼間はほとんどが年寄りと子供の町。静がいなくなっての大騒ぎも、庄屋の娘との理由だけではなかった。人情厚い、助け合いの心の強い人ばかりの集団の町であった。風変わりな丼屋が繁盛している理由もそこにあった。啓三郎と菊江は〝助け神様〞と町中の人から尊敬され、この町に住んでくれとの要望もあった。別れを惜しんで、また旅立つ二人だった。

菊江の里帰り

菊江との旅も二年続いた。夫婦のような感じ、また兄妹のようでもあった二人だが、色恋なしの清々しく楽しい旅であった。菊江にとっては、言葉に尽くせない人生の機微を教わった修行の旅でもあった。

菊江に横恋慕していた回船問屋は、悪行がばれてお手入れとなり解散。一族郎党が町からいなくなり、平安が戻ったとの知らせ。丸腰だんなの評判は界隈に響き渡り、啓三郎の行くところ隠れ場所もないありさま。実家からの飛脚が菊江に届いたのは、母の伯父がいる町に泊まり合わせた時であった。各地の関所役人、町々の宿屋に頼み込んであったから、二人を捜し出すのは容易だった。

母も体の調子が良くないとの知らせに、菊江は帰宅する決心をした。伯父の計らいで付き添いの人も用意され、菊江は帰っていった。

のんびりとした一人旅、〝丸腰だんな〟新藤啓三郎の喜怒哀楽、人生機微の旅がつづくことになった。曲がった根性の人間を見ると、黙っていられないのが性分。人助けに人の世の感慨を味わいながらの、自由気ままな啓三郎でもあった。金子《きんす》は不自由なく手に届く。腕はよし、男前でもある。が、欠点は怖いもの知らずのやじ馬根性。命知らずの無鉄砲でもある。おまけにお人よしで同情深いから、気のもめる場合もある。だがご本人、一向に気にならない。焦ることもなくぶらり、ぶらり。

四月は各地で神社祭典が多い。かなり大きなお祭りで、観光客まで繰り出した賑やかな町にたどり着いた。人込みに揉まれながら宿屋探しを始めたが、どこもかしこも取り合ってくれない。茶屋に腰を下ろし一休み。ぽんと肩をたたかれた。見た顔でもなく不審気に見つめると、

「丸腰だんな、懐の十両狙われていますよ」

慌てて懐に手を入れ確かめる啓三郎。

「旦那、大丈夫ですよう、あたし、まだ側に来たばかりですよ。つやさんから聞いているでしょう、おはんは私ですよ」

「なんと、スリのあんたに注意を受けるとは、私も大いなる間抜けだね、ハハ……」

「あべこべですよ。一瞬のすきもなく、狙ったら鉄扇が、あたしの顔をぴしり、顔がだいなしになりますよ。旅立ちの日とは大違い、今はスリのほうで逃げ出しますよ」

「では、あの時に私の財布をスッたのは、あんただったか。お陰で道中空腹で困ったぞ」

「面白かった。でも八重さんが旦那の護衛とは驚きでしたよ。もし、私が旦那の財布をスッたとき八重さんがいたら、あたし、今頃は地獄でしたよ」

後の話を打ち切るように啓三郎が腰を上げた。

「どれ、ぼつぼつ祭り見物としゃれ込むか」

啓三郎が歩き始めた。後を追ったおはんが、旦那これ、と差し出した金包み、大きく手を振りながら人込みの中に紛れていった。前にスリ取った金を返してくれたおはんの気持ちを察し、黙って受け取った啓三郎の思いやりがあった。世の中油断大敵、自分の足元をしっかりと見て歩かないと、何に躓《つまず》くか知れない。正直に真っすぐな気持ちで生きていれば、必ず天の恵みがあるもの。常に心掛けている啓三郎である。

最前から啓三郎の後をつけ回っている侍がいた。足取りに殺気が感じられる。いろいろ悪を懲らしめたから、狙われる理由もあろうと覚悟の啓三郎、知らぬ振りして人込みを避け、溜め池のある広場に誘い込んだ。

一人ではなかった。五、六人の浪人が啓三郎を囲んだ。一人だけ侍らしき者が指揮をとっていた。その顔には見覚えがあった。まだ旅に出る前、町道場の若い腕自慢が「手本試合」を開いたことがあった。啓三郎に負けたのが道場の若主人であった。そのためでもなかったのではあるが、道場は閉鎖するはめになった。啓三郎もすっかり忘れた事件であった。だが、相手は啓三郎を恨み続けて今日まできたわけである。

とっくに察していた啓三郎は、対戦の構えをとった。といっても、武器は鉄扇一つ。囲みの中、一人が横合いから斬りかかって来た。啓三郎の体は指揮をしている侍の前に、すっくと立った。

「羽柴氏、久しぶりだが、こんな卑怯な試合は御免だ。ご覧の通り私は丸腰です。しかし、どうでも斬るというなら相手になりますよ！」

一段も二段も腕の上がっている啓三郎に、勝てる見込はないと悟った羽柴である。一番の腕利きが斬りかかったいまの剣を、軽くかわした早業に、腰が抜けるほどに驚いていた羽柴である。囲みを解き、素直に引き下がった。

身も心も清く正しく強い啓三郎には、邪心の者の立ち向かえるものではなかった。

啓三郎の祖父であり、義父でもある新藤三左衛門がお城勤め（指南番）も辞め、義弟の香次郎が道場を継ぎ「ご指南役」を務めるようになって、安泰無事に年月が流れた。啓三郎が旅に出て早八年となり、本年二十八歳の誕生日を迎える。お家の事情で旅暮らしを続けてはいるが、これが実に楽しく、生き甲斐でもあって、生涯を旅で終わりたいとまでに執着しているこの頃ではある。しかし、勧善懲悪、人助けが目的であっても〝敵〟を作ることにもなり、先般の羽柴事件のような問題も重なってくるもの。山あり谷あり、次の宿場もまたいささか遠くであった。

元気で夜も目が利くのをよいことに、山越しも一興と山道を登り始めた。

「おやめなせえ、夜は山賊が出ますぞ！」

声をかけてくれたのは、山仕事帰りの爺さんだった。

「そうですか、面白そうだねえ」

呆れて爺さん、急ぎ足で行ってしまった。

「なるほど、人通りがないのは、やはり出るのかも？」

好奇心旺盛な性分がどんどん足を速める。

「出るならば、この辺りだな」

と独り言を言いつつ油断なく歩く。前の大木の陰に一人、横の茂みに二人、少し離れた林に三人ばかり、息を潜めて啓三郎の近付くのを待っている。先方には啓三郎の動きはまだ確認できないが、啓三郎には敵の動きが丸見え。忍法修行の心得がこのような場合に効果を現す。戦って倒すのも簡単だが、争いを避けるのも勝負のうち。合点して啓三郎が一直線に走り出した。その速いこと。待ち伏せの者たちが、あっけにとられているうちに姿が見えなくなっていた。

「ここまで来れば追ってくることもあるまい」

久しぶりに走った啓三郎は、少し疲れもあった。山岳を走り回った修行時代が昨日のことのように思い出された。

山を下りると関所がある。手形を用意しながら関所に近付いた。例のごとく手形を見せて通ろうとした。

「お待ちください――」の声。上段に控えていた役人の一人が飛び降りてきた。

「お元気で……、お久しぶりでござる」

と丁重なあいさつ。

「はて？　失礼ながらどちら様でしたかな」

「お忘れも無理あらず、スリに紙入れを取られ難儀をし、危うく人違いの殺人を犯すところを救っていただいた者。拙者、この関所を預かる松山香衛門と申す者でござる」

驚いたのは啓三郎のほうである。石つぶてで、つやを助けたときのあの侍が、ここの関所役人だったとは。だから世の中は面白い。

語るところによれば、あれから引返し、一休みした茶屋の周りを探していたら、「お侍さん。これ、鳥追いのお姉さんから預かっていますよ」と、包みを渡された。そのときの嬉しさは申しようもなかったとのこと。『スリにもいろいろ』と言っていた八重の言葉がうなずけた。

香衛門のもてなしを受け、心うきうき城下町に入った。香衛門が手配してくれたのであろうか、女中、番頭が待ち受けていて、啓三郎の手取り足取り引き入れたのが「泉屋本家」とある。看板を見て、はて、錯覚をおこしたような気分。変わり者の飯屋の親父が紹介したのが泉屋だった。ここでまた泉屋とは？番頭の話で納得したが、縁奇縁の世の中のつながりの不思議さを、またまた深く味わう啓三郎であった。あの泉屋の女将は、ここの娘だったのである。

旅に出てこんな大きな町での泊まり、一日二日と泊まりを重ね、名所古跡を見学しているうちに五日間も滞在した。やはり〝丸腰だんな〟の評判が通っていて、町中でもてなされた。悪い気でもないが、長居は御免と次の宿場に向かった。旅馴れというのか、どこに行っても我が家にいる気分、自由気まま、面白くて楽しく、心の弾む毎日だった。

啓三郎、フグにあたる

冬近い秋の暮れ、祭囃しの盛んな町にたどり着いたが、急に体が重く足が運ばなくなった。通りがかりの人に声をかけようにも声が出ない。軒先の水瓶の横に座り込んでしまった。用意の道中薬も懐から出せないほどにしびれて動けない。やはり啓三郎も生身の体、町外れの飯屋で食べたフグ料理が悪かったようだ。

「丸腰だんな、どうなさった」

と、誰かに助け起こされ、宿に運んで医者を呼ぶやら手厚い看護。

「フグ中毒だな。放っておけば危ないところであったが、もともと丈夫な体のようで、しばらく安静にしておけば心配はない」

との医者の言葉。元気を取り戻した啓三郎だったが、危ういところを助けてくれたのが、駕籠屋の太助だったとは。

「だんなを見つけたときは、腰が抜けるほど驚きました。あのとき助けていただいた恩返しができて嬉しいです」

と喜ぶ顔を見て、

「あのときの駕籠屋さんが、どうしてここに？」

「あれから駕籠屋をやめて、二人とも〝たばこ〟の行商を始めてあちこち回っているんですが、この町でだんなに会うのも縁ですねえ」

「あなたのお陰で助かった。ふだん水と食べ物には注意をはらうのだが、油断であった」

啓三郎の強く悔悟するところであった。

健康第一は旅の絶対条件である。不覚にもフグにやられた啓三郎、なんともおかしいやら、悔しいやら。一人笑いをしながら歩いていた。勢いのよい木剣の音、熱のこもった気合、窓から覗き見している人たちの後ろを通り過ぎようとしていた。道場で何かあったのか、覗き見の人たちが一斉に笑った。駆け出して来た門弟たちと啓三郎がばったり。

「貴様、覗き見して笑ったな」

高圧的である。ぞろぞろ出て来て道場に引きずり込んだ。

「私は通りかかっただけ……」

との言い訳も聞いてはくれず、立ち合いをする羽目になってしまった。ままよ、少しなまっている体にも良かろうと考え、試合を引き受けた。

門弟の差し出す木刀を〝竹刀〟にと注文した。門弟たちはかんかん、生意気な奴め、こてんぱんにしてくれる、と打ちかかった。啓三郎、ひょいと足を後ろにさげただけであったが、前につんのめって柱にごつん。

「待てい」、鋭い声で前に立ったのは上座の右端に座っていた男。ひとかどの武士と見え、多くの門弟中でも使い手のようである。

「拙者、この道場の指南役で狭間寛次郎と申す。おぬしは……」

「引き込まれて迷惑をしておりますが、行きがかりとはいえ勝負するからには名乗るが順当。私は新藤啓三郎と申す」

竹刀を左手に持ち替え、鉄扇を右手に竹刀をだらりと下げて構えた。たたた、狭間が飛び退いて膝をついた。

「ご無礼を致しました。しょせん拙者ごときが及びません。参りました」

ここの門弟が一度にかかっても勝てない相手とよんだ狭間もなかなかの人物。見送りながら袂に入れてくれた金が五両。返しては恥をかかせることにもなる。もともと先方が悪いのだ。ほほ笑みながら町外れ、どんとぶつかって来た男、もんどり打ってばったり。

「おいおいスリのだんな、相手が悪かったね。でも早く足を洗いなさいよ」

一言残してさっさと行く。スリには十分心得がある。啓三郎を狙うのは新米のまぬけ者。

その新米がぽかーんとしていると、

「おまえさんも馬鹿だねえ、丸腰だんなをねらうとはね！」

おはんの言葉に飛び上がって驚く。

「あの人が、おはんねえさんも手の出せねえ丸腰だんなで！」

首をすくめていた。

「丸腰だんな、とうとう私の町にもおいでだね」

意味ありげな素振りで「白菊」と書いた看板の店に入って行った。

白菊から辻二つほど離れた宿屋に啓三郎は泊まっていた。夕食前におはんが訪ねて来た。

「丸腰のだんな、今夜は私がお付き合いしますからね」

どんどん入って来て、啓三郎の横にぴたり座り込んだ。

「これはこれは、おはんさんのような美人が一緒では、私も変な気持ちになりますよ、はは」

「いじわる、女を知らない旦那、いったいどんな女がお目当てだろうねえ」

強く膝をつねった。

「痛いよおはんさん、いじめないでくれよ。では今夜は飲もう」

おはんが手配の芸妓さんも加わり、賑やかな宴会となった。と、がらり、戸を乱暴に開き、かなり身分のある風体の侍が、

「美人を独り占めして怪《け》しからん」

と怒鳴った。おはんが侍に駆け寄って、耳元に囁いた。

「う、うんそうか、これは失礼」

啓三郎に向かって頭を下げて出ていった。

「みなさん、ご機嫌直しに踊ります」

おはんの踊りは一流芸妓も及ばぬ艶やかさがあった。華やかに騒いでおはんも帰って行った。後で聞くと、おはんは足を洗って置屋の女将で有名、ずいぶん繁盛しているそうである。また一つ、喜ばしい話が増えて啓三郎はうれしかった。

人情人助け

にわか雨、軒先を借りて雨宿りしていた。窓が開いて、

「おやおや大きな雨になりましたね、お入りなさいな」

優しい声、いささか濡れた啓三郎、「暫く御免――」、玄関口に立った。

「まあ、濡れておられる。こちらにお上がりなさいな」

言われても、ためらっていると、

「おいおい、遠慮しなくていいから、こちらにおいでなさい」

大工か左官の棟梁風の人がいた。

「では、失礼して……」と、居間に上がり込んでしまった。

「旅の途中の雨には難儀させられますからな。なに、今にあがりますよ、にわか雨ですから……、まあゆっくりしなさい。かあさん、戸棚に羊羹があるよ」

気っ風のいい職人さんだ、と感心していたら、

「あの人甘党で、半分も食べてしまっているよ」

おかみさんが独り言をいいながら羊羹を出してくれた。

世間話をしていると、いつの間にか亭主の姿がない。外を見ると雨もあがっているようで、どうやら仕事に出たようだ。啓三郎が礼を言い、腰をあげようとしたとき、

「おかみさん、大変だ！　棟梁が……」

「作造さん、しっかり言いなさい。棟梁がどうかしましたか」

作造が土練りしていて跳ねた泥が、武士の袴に飛び散った。作造に代わって棟梁がお詫びをしたが、〝拝領〟の袴を汚され、ただではすまぬ。お前を斬って拙者も切腹をすると大騒ぎになっているとのこと。

「そうかい、うちの人はお前さんの代わりに死んでも本望だろうよ。済んだことは仕方がないよ。遺体引取の準備をしておくれ。出掛けるよ。お客さんすま

ないね」

なんと落ち着いたお内儀だろう。啓三郎もおかみさんともども駆け出した。

現場では、お金で解決できないものかと、棟梁は掛け合いの真っ最中。

「殿拝領の袴である。少々の金ではすまぬぞ！」

侍が力んでいるところ。

「棟梁、一文も出さなくていいですよ」

「貴様、無礼な奴、殿拝領の袴を汚されたのだぞ」

「おぬしはいずれのお城の方かな、拝領の品であれば後ろの竪襟《たてえり》に御紋があるはず、お見せなされ」

「ううん、もう良い、今回は許してやる」

あたふたと逃げるように駆け出して行った。

「雨宿りの旦那でしたか、いやはや助かりました。それにしても、なぜあんなに慌てたのですかねえ」

「あれは、強請《ゆすり》たかりの類で、ごろつき浪人ですよ。どこかで見かけた顔見知りだから慌てたんですよ」

けろりとしている啓三郎。夫婦や職人一同に感謝されながら、引き留める袖を払って夕暮れの町に消えて行った。

橋を渡って川筋に旅籠の看板が見える。今晩はそこで一泊する気。柳の根っこに蹲《うずくま》って泣いていた娘が、立ち上がって手を合わせている。身投げかな？

啓三郎が近付くと飛び込みそうになった。

「待ちなさい。人間死んだらおしまい。なぜ死ぬのかな」

声をかけた。待っていたごとく、

「おとっつぁんおっかさんが病気で、薬代を落として……」

「良くできました、なかなか上手だね。でもこのような芝居で人を騙すのは悪い子だよ」

最前から家の角に隠れて様子を見ていた男が、この子を使っての金儲け、人の同情を弄《もてあそ》ぶ不届きな奴。啓三郎はとっくに察していたのである。暗がりに目の利く啓三郎には、一目で芝居と知れた。それにしても相棒の子供を置いて自分だけ逃げるとは、ひどい奴だ。

「あんた、家はどこだ」

指を指す方向は旅籠の近くらしい。どうやら、やくざ者にそそのかされて芝居をしたようだった。子供心にもお金欲しさだった。家の前まで子供を送り、

「二度とあんなおじさんの言うことに騙されてはいけないよ」

意見をして帰らせた。やっと旅籠に入れた。

最前の子供のことが気になって女中さんに尋ねた。子供の両親が病気がちだというのは本当で、あの子が近所の赤ちゃんの子守をした駄賃で食べている様子。子守賃ぐらいでは暮らしができない。子供の身投げ芝居が哀れでならなかった。手持ちの金を包んで女中さんに頼んだ。少しずつ適当に薬代になるよう

渡してやってくれ。女中さんはびっくり、大枚二両。

「お客様、私ではかないません。女将さんに頼みます」

万事を女将が引き受けてくれた。出立の朝、町の総代さんが畏《かしこ》まってやって来た。

「宿の女将から聞きました。丸腰だんなとは、貴方様のことでしょうか。評判通りのお方、有り難いことです。必ず町の者全員であの家族を助けます」

堅く約束してくれた。賑やかな見送りを受けて、次の宿場へと向かった。

富豪と貧乏人の差

富豪と貧乏人の大きな差、世の中公平に皆が楽しく暮らせる環境づくりがもっとも大切だ。つれづれにそう思う啓三郎。しかし、どこに行っても、弱肉強食の世情を見せつけられる。悪い考えの者が多い町、助け合いの心の強い町、様々な模様が広がる世間の風潮に好奇心をますます旺盛にし、足に任せ先に進む。救える人がいれば一人でも多く救いの手を差し出し、自分の力の限りを尽くす。どこで骨を埋めようとも本望。これが啓三郎の心情である。

ふと見ると、暴れ馬らしく、首を振り振り疾走してくる。逃げ惑う町民の中に年老いた男が逃げ遅れている。啓三郎は左手に鉄扇を持ち、右手を馬の正面に突き出し、斜めに構えた。手綱の揺れに合わせて手をかけるとひらり、馬の背にまたがった。電光石火の早業。馬は口から泡を吹きながらも、おとなしく止まった。誰かが叫んだ。

「おおい、丸腰のだんなだぜー」

見物人がぞろぞろと集まりだした。暴れ馬より〝やじうま〟のほうが啓三郎には迷惑だった。

年寄りは老舗の呉服問屋のご隠居さんだった。玄関口の柱に馬をつないで、ご隠居の部屋に通された。

馬を追って捜し回って来たのは、かなり年配の武士、身分ある人物のようだった。穏やかにつながれている馬を発見し安心してか、へたへたと座り込んでしまった。

店の連中も大騒ぎ。啓三郎と同室に連れ込まれたのも偶然。まったくの〝助け神〟ではあった。双方から礼を受けて恐縮しながら、一夜はご隠居の家で一泊することになった。

年配の武士は、一万石大名のご隠居で、若者の留守に久々に馬にでも乗って散策を考えたのが失敗。事情がわかって大笑いですんだが、人命にかかわる大事件でもあり、老武士の反省することしきり。この町においても〝丸腰だんな〟の名が響き渡った。大名家からは城勤めの推薦しきり、呉服問屋では長逗留を勧められたが元来の性分、旅の味を忘れることができない。

曇りがちの天気。一雨来るかもしれない。駕籠屋が、てくてく歩いている啓三郎を見つけて、

「おーい〝かも〟が来たぜ」

仲間に叫んだ男、その頭を平手でぱつん、「あほう、あの方が〝丸腰だんな〟だぜ、だから新米は困る」

「丸腰のだんな、一雨来ますぜ、駕籠はいかがで」

「ほほう、丁重な呼び込みだな。私と知って声をかけられたのでは断れまい。よし、次の宿場まで乗せてもらうよ」

駕籠かきはゆっくりと動き出した。

「待て待て駕籠屋」

「へえい、どうしました」

「あそこに人が蹲《うずくま》っている。見てきてくれないか」

街道から少し離れた五輪塔の横で、苦しんでいるような人影を見たからである。

「旦那、病気の母親を娘が看護しているようで」

「やはりそうか。あんた、引き返して仲間の駕籠を二挺呼んで来てくれ」

上客を乗せた相棒をうらやんでいるところにお声がかかり、すっ飛んで来た二挺の駕籠、女親子を乗せて大急ぎ。次の宿場には医者がいない。医者のいる町まで三里半。その間には啓三郎が応急処置で飲ませた道中薬が効いていたようで、病人は無事だった。宿の手配をし、医者に後を頼んで一安心。疲れもあって、その夜はぐっすり。

翌朝は雨降りだった。親子の様子も気に掛かり、もう一夜泊まることにした。

あまり上等な宿屋ではなかったが、親切はこのうえなく、客を大切にする宿屋であった。駕籠代、医者代、宿屋代と嵩み、いささか懐寂しい啓三郎であった。雨が続けば明日の宿代が心配された。だが、その夜、元気を取り戻した病人が啓三郎の部屋に挨拶に来た。嫁ぎ先の娘に初孫が生まれ、娘の妹を連れて会いに行く道中であった。

「貴方様のお陰で命拾い致しました。些少ではございますが、お礼とお返しでございます」

差し出された包みに五両入っていた。身なりからして富豪の家の人たちとは思ってはいたが、「これは少し多すぎる」と返そうとした。

「命の恩人でもあり、これからも旅を続けられる貴方様、どうか人助けにも使ってください」

言われて啓三郎、

「なるほど理が通っている」

快く受ける気になった。

山里の怪事件

さて右に向かうか左が良いか、気ままを占い鉄扇を立てて、鉄扇の倒れた方向が凶だった。

右側は狭く入り組んだ曲がりくねった道ばかり、美しさもなければ人の影すら見えない。人がいるのかいないのか、家だけは十五、六戸並んでいる。田圃《たんぼ》、畑もあるにはあるが、荒れ果てて作物を作った様子もない。こんな所もあるのだな、と考えながら歩いていたら、犬が一匹飛び出して来て啓三郎に吠えかかった。

目が不自由なのか杖を頼りに出て来た少女が「太郎、太郎」と呼んだ。犬は少女の前に戻って警護の構えで啓三郎を睨んだ。賢そうな犬で、少女の護衛役をしているのであろう。通り過ぎようとしたら、文芸社の本をお買い求めいただき誠にありがとうございます。
この愛読者カードは今後の小社出版の企画およびイベント等の資料として役立たせていただきます。

本書についてのご意見、ご感想をお聞かせください。

① 内容について

② カバー、タイトルについて

今後、とりあげてほしいテーマを掲げてください。

最近読んでおもしろかった本と、その理由をお聞かせください。

ご自分の研究成果やお考えを出版してみたいというお気持ちはありますか。

ある　　ない　　内容・テーマ（　　　　　　　　　　　　　）

「ある」場合、小社から出版のご案内を希望されますか。

する　　しない

ご協力ありがとうございました。

〈ブックサービスのご案内〉

小社では、書籍の直接販売を料金着払いの宅急便サービスにて承っております。ご購入希望がございましたら下の欄に書名と冊数をお書きの上ご返送ください。（送料１回210円）

ご注文書名	冊数	ご注文書名	冊数
	冊		冊
	冊		冊

郵便はがき

恐縮ですが
切手を貼っ
てお出しく
ださい

160-0022

東京都新宿区
新宿 1－10－1
(株) 文芸社
ご愛読者カード係行

書　名			
お買上 書店名	都道 府県　　市区 郡　　書店		
ふりがな お名前		明治 大正 昭和　年生　歳	
ふりがな ご住所	□□□-□□□□	性別 男・女	
お電話 番　号	（書籍ご注文の際に必要です）	ご職業	

お買い求めの動機
1. 書店店頭で見て　2. 小社の目録を見て　3. 人にすすめられて
4. 新聞広告、雑誌記事、書評を見て（新聞、雑誌名　）

上の質問に 1. と答えられた方の直接的な動機
1. タイトル　2. 著者　3. 目次　4. カバーデザイン　5. 帯　6. その他（　）

ご購読新聞　新聞	ご購読雑誌

「あのう、ここから先は行かないほうがいいですよ」

少女が言った。この山にわけありだなと察した。谷間で煙が上がっているのは人がいることである。一人では深入りできないと考えて、引き返すことにした。今までにない胸騒ぎが、啓三郎の足を止めた。

番所のある町まで戻り事情を聞くと、あの山付近に出掛けた者で無事に戻った者がなく、険難の村として人が近付かないという。盲目の少女の様子などから、わけありの村、つまり人に見られて都合の悪い仕事をしているに違いない。役人を説得して、探索に出掛けることになった。

役人も〝丸腰だんな〟と一緒なら心強い。総勢十人、勇ましく戦に出掛ける気分。山里に近付くと、やはり最前の犬が飛び出して来た。と、今度は坊主頭の大男がのっそりと出て来た。が、役人の姿を見るや急いで家の中に消えてしまった。

間もなく煙突からもくもくと煙が吹き上がった。山に向けての合図の煙に感じられた。一行は山へと急いだ。山中に入ると辺りの静けさが不気味だった。

「啓三郎殿、勘違いでござったな。引き返してはいかがかな」

指揮官が言った。

「お待ちください。何か不気味なものを感じてなりません。今少し上に登ってみましょう」

先に立ってどんどん登り始めた。ここが頂上と思われる場所にたどり着いたとき、人の悲鳴？ 獣の声とは異なる声が啓三郎には聞き取れた。何かある。まず作戦を組まなくては、この先は危ない。啓三郎に二人、鉄砲組四人は固まって四方に目を配る。指揮官とあとの者はその場を動かず、かねての打ち合わせ通りに役所に合図の花火を打ち上げる。啓三郎組が、今し方声のした方向に向かった。

弓で背中を打ち抜かれた作業姿の男が、浪人風の男の肩に乗せられていた。逃げようとしたが、啓三郎が投げた小枝が浪人の顔に当たった。怪我人を投げ出して浪人が走った。素早く啓三郎が浪人の前に立ちふさがった。矢が飛んできた。前の浪人を押し倒して矢を鉄扇で叩き落とした。鉄砲組に合図して、弓矢の方向に向かって一斉射撃させた。指揮官は町に向かって花火を打ち上げた。応援部隊の来るのを待って、山狩りとなった。

谷間に幾つもの小屋があり、そこには女子供、年寄りまで閉じ込められたも同然に暮らしていた。若者のほとんどは別棟の小屋で暮らし、労働を強《し》いられていたのである。隠し金山の発見であった。

村人が帰り、各家に明かりが戻りはじめた。多くの浪人、やくざが捕らえられたが、首謀者は不明のまま厳重な探索が開始された。

目の不自由な娘は、啓三郎の計らいで目医者の診療を受けることになった。

啓三郎の行くところ、人が助かり町が開けた。〝丸腰だんな〟を待ち受ける町さえあるようになった。当人は気の向くまま、焦りもしないが急ぎもしない。時には鼻歌も出る。

「火事だー」、叫び声は遠くではなかった。煙が啓三郎の前に流れた。三軒ほど先に火の手が上がった。駆け出す啓三郎、まだ火消衆も来ていない。逃げ遅れた子供が家の中でもがいている。手桶の水を頭からざぶり、飛び込んで助け出した。素早い動きに群衆が拍手した。小さな火傷はあったが、子供は助けられた。

火事で一軒焼け落ちたが、大きくならないで消し止められた。火消衆の活躍には感心するところがあった。

火消衆の頭《かしら》の名前での招待だったが、助かった子供の祝いの宴で、酒屋正平の子供が助かったことでの大盤振る舞いであった。家の一軒焼けたよりも、子供が助かった喜びが大きかった。さんざんもてなされ一夜泊められ、すっかりいい気分の啓三郎だった。また一つ、丸腰だんなの名が上がった。だが、敵のないはずが、強敵が常に啓三郎との勝負の機会を狙っていた。

町の辻堂の広場は子供の遊び場でもあった。楽しそうに遊ぶ子供の姿、童心に返って見とれていた。

「丸腰だんなと呼ばれていい気になっておるのは、そのほうか」

突然に声をかけられ立ち上がって見ると、武者修行といった服装の侍が殺気を含んで立ちはだかっていた。

「別にいい気になっているでもないが、悪い気持ちでもないな」

と笑いかける。

「拙者と勝負せい」

「なぜですかなあ」

「武士か町人かわからぬそのほうを見ておると、無性に斬りたくなるのだ」

「これはまた困った病の人もあるものですなあ」

「行くぞ、覚悟！」

気合のこもった一声と共に、大刀が斬りかかった。啓三郎は、言葉のやり取りの時から相手の腕を読んでいる。飛び跳ねてお堂の前に立っていた。駆け寄ろうとする瞬間、啓三郎の鉄扇が、相手の首筋を一発打った。一瞬の隙を見逃さない反撃であった。あっけない勝負であった。

自分より強いものがないと思う自惚《うぬぼ》れ者の哀れさである。また、武者修行の若者の無鉄砲な行動でもある。人の名誉を羨《うらや》み、人の幸福を妬《ねた》む心わびしい人々も、世間には意外に多くいるものだと思った。啓三郎の心はあまりすっきりとはしなかったが、勝手に理屈を付けて闘いを挑む乱暴者に同情はしなかった。

啓三郎は一度も自分を強いと思ったことはない。ただ如何《いか》なるときも如何に小さい出来事にも全力を集中して立ち向かう度胸と覚悟が身に染みているだけである。人の命を尊び自分の生命を大切に思う精神の鍛錬が、護身術としてまた攻撃力を発揮しているに過ぎない。

さて明日また、啓三郎の行く先に何が起きるか、晴れか曇りか、はたまた嵐か。

鶏の時ならぬ鳴き声が聞こえていた。鶏の鳴くのは明け方ばかりとは限らないようだ。二度、三度高らかに張り上げて鳴きつづけた。鶏の声に励まされた心地の啓三郎ではあった。

「丸腰だんな……、だんなったら！」

見知らぬ女、しかも絵から抜け出たような美人が啓三郎を呼び止めた。美人は、臆面もなく啓三郎の横に寄り添って来た。

「はて……」

キツネにだまされた気分だが、まんざら悪い気でもない。

「びっくりするのも無理ないわ、あたし、初めてなんですものね」

「ほほう、やっぱりこれかな」

両手を頭に耳の形をして見せる啓三郎。

「いやですよう、ほれこのとおり」

啓三郎の手を取って自分の胸に……。

「ややあ、これはしたり、立派な人間様」

おどけて見せる啓三郎だった。

この女、丼屋の親父のいる町で宿の女中をしていた〝お房〟さん。〝丸腰だんな〟にぞっこん。女中の身では口にも出せず、せっせと溜めた金で女を磨き、旅から旅を続けて後を追って来た。武者修行の侍との闘いを通りがかりに見て、ついに啓三郎に会えたもの。

「ずいぶん私も苦労したんですよ。でも、どこかできっと会えると思っていました」

「どうして、そこまで苦労して！」

「鈍感さん！　女はね、惚れた男には命懸けですよ！」

急に真面目な顔になって、

「旦那、房をしばらく一緒に旅させてくださいな。けっしてお邪魔にはならないから……」

本気で哀願されて断りもできなかった。お房との二人旅が始まることになった。

お房との道中

その夜が、啓三郎の〝男〟を変える大事件だった。お房は念願が叶って大喜び、何くれと世話をやくようになった。宿場に着くや自分が先になって宿を探し、泊まり込んだ。夫婦部屋ではと尻込みする啓三郎を、積極的に同室に引き入れるお房だった。夕食に一杯やって、疲れも手伝い早めに床に入った。

夜中に何かの気配に目が覚めた啓三郎の驚きは、一方《ひとかた》のものではなかった。啓三郎の床に、お房が裸体で入り込んで来たのである。

女を知らない男、しかも女を考えたこともない男、お房の裸体の温もりに体が痺れて動けなくなった。文武両道極意の啓三郎も、お房の女の命を燃やしての積極的攻撃には、敗北如何《いかん》ともしがたきものがあった。朝になってお房の本願遂げた顔には、一段と色気の美しさがあった。やはり、啓三郎も男だった。

意外と逞しくお房の攻撃に応戦した。男と女の自然体の冥利は格別なものであった。男になった〝丸腰だんな〟、少しは変わるものか？　さにあらず、旅は旅、のんびりぶらぶら。お房も同調して仲良し二人の旅はつづいた。

少しのんびりが過ぎて、次の宿場に山道を行くことになった。急げば夕暮れには宿に着けるであろうに、二人の足は急がなかった。山中で日が暮れて〝野宿〟とは考えない二人、暗い道を寄り添って歩く。

「出たよ……」

「お化けかい？」

「もっと怖いやつ——」

お房を後ろにかばい、「決して離れるな」と、どんどん進んだ。

浪人が四人、抜き身を振り上げて斬りかかって来た。金山を追い立てられた浪人者の復讐だった。夜の山道を狙って襲撃してきたのである。

一人なら平気の啓三郎も、お房をかばいながらの闘い、鉄扇だけでは難儀だった。斬りかかった浪人の刀を奪い取ってからは、ぴたり、動かない。斬りかかる奴を斬ればよい。その後は勝負にならず、啓三郎の勝利だった。

しかし、女難の兆候はどんどん強くなるばかりだった。宿場に到着したのが昼時。お房が熱を出して倒れ込んだ。山での闘いがよほど怖かったのであろう。お房をおんぶして宿を探した。数少ない宿屋が運悪く満室ばかり。

「おやおや、病人さんかい」

声をかけたのは古物屋の女将さんで、名が〝お房〟。親切者で有名な女。古物屋に泊めてもらうことになって大助かり、病人の世話も、なにくれとよく気のつく人だった。疲れも取れてお房も元の元気に戻った。

「奥様が私と同じ名前だなんて、これも何かの縁ですね……」

お房を〝奥様〟と言われて、答えようもなくおろおろしていた。

「私も驚きました。世の中には三人の似た者がいるとは聞きますが、奥さんも若々しくて、素晴らしく美人でいらっしゃるわ」

こちらのお房もなかなかの社交家である。美人と言われて女将も悪い気はしない。

「こうしてお二人を見ていると、天神様のお雛さんを眺めているようで楽しいわ」とやり返す。人のよい笑顔を振り撒きながら見送ってくれた。

古物屋を出てしばらくして、怪しげな浪人たちが一人二人と後をつけまわし出した。金山での恨みは生易しいものではないようだ。啓三郎によって壊滅した金山の残党が次々と襲ってくるのである。

お房を連れて歩くのは危険だと思った。

「お房さん、昨晩のような輩がうろうろしていて危ない。ここで帰ったほうがよいと思う。里に帰りなさい」

「いやです。貴方と一緒に死ねたら幸せ。初めから覚悟していますから平気です。本当に邪魔になるときは旦那が私を斬ってください」

偽りのない言葉で必死に頼むのを断れなかった。

「では、一緒に死にますか！」

「だんな、ありがとう。お房は日本一幸せな女です」

「おいおい、それ、そこにも浪人者が隠れているよ」

啓三郎は結局は同行して危機対策に余念がなかった。町中では襲いかかることもなかろうが、油断はできない。町中の人出の多い場所を選びながら見物かたがたゆるりゆるり、相手を焦らすのも作戦の一つであった。

やはり危険が待っていた。今度は十人ばかりいるようだ。町中では襲っては来まい。刀剣屋を探して大刀三振り買い込んだ。

「お房さん、この二振りはあんたが風呂敷に包んで持って歩く。万一の時に包みから出してくれ。私の側から離れないこと。これが守れたら同行しましょう」

「守ります、約束します」

堅く誓って町を出た。次の宿場はさして遠くはないが、険しい峠がある。人通り少ない街道で、襲撃場所には格好のところ。

「そろそろ用意しなさい。覚悟しなさいよ！」

先方の動きがよく見えているから、啓三郎には都合が良い。お房をかばうに適当な大木がある。大木の後ろにお房を待たせ、自分は大木の前に立って一歩も動かない。

待ち伏せの浪人たちに啓三郎の作戦が読めるわけもない。一挙に押し寄せて来た。だが、囲もうとしても大木が邪魔になって回れない。正面から来た二人は素早い剣先で倒し、横の一人は胴切りにした。後ろに手を伸ばし、刀を取り替えた。また二人、前横から斬りかかってきた。得意の〝旋風波打ち斬り〟。独特に編み出した啓三郎隠し技の初公開である。見事に二人ともども刀をもった腕を斬り落とされてきりきり舞い。後の浪人は怖じ気づいて逃げ出してしまった。初めての殺人剣、啓三郎の腕試しでもあった。

大木の陰でへたりこんで吐息をついてるお房。

「終わったよ。よくやったね」

声を掛けられ正気に戻ったお房。血しぶきで顔が真っ赤、おそらくそのとき気を失ったであろう。

「こんな凄いこと初めて。でも旦那は強いねえ、惚れ直したわ。あたし、どこまでもついて行きますよ」

女難の相いまだ抜けず。旅は道連れ世は情、二人の行き先何が待っているやら。

いくら善行を積んだ人でも、人の恨みを買う場合もある。右に良ければ左に悪い場合もある。今の啓三郎は、善人に喜ばれても悪人には邪魔者で、隙あらばと機を見てつけ回られる。外道の逆恨みとはいえ、因果なことではある。

軒に連なる出店の花や木、古物骨董の品々を手にして眺めていた。

突然の殺気に、手にしていた苗木の鉢で身をかばった。鉢が壊れて飛び散った。襲った男は頭をしたたか打たれて倒れている。

「ご主人、すまんをことした。代金は支払います、幾らかな」

苗木売りの親父、びっくりするやら感心するやら。周りの人々も啓三郎の落ち着いた態度と立派さに喝采をした。

「皆さん、お騒がせして申し訳ありません」

やはり〝丸腰だんな〟そのもの。寸時も油断がないばかりか、機敏な行動と対応は人の真似のできないところ。

お房もさして驚いた様子もなく、

「やはり、出ますねえ」

「うん……、しびれを切らしたのであろう。そろそろ決戦としますかな」

のんきな話をしながら、人迷惑の少ない場所を探してまわった。野外芝居など、興行の時に利用される広場が見つかった。

適当な場所で、最前屋台で買った饅頭の包みを開けていた。やはり来た。もっと多くいるかと思ったが、六人だけ。

「お房さん、あんたは知らん顔してここから動かないようにしてください」

そう言いつつ、自分は腰を伸ばして準備運動を始めた。

ばらばらっと群がって来た。作戦も統一もない行動である。啓三郎には、相手の腕と作戦を読み取る天性的な頭脳が働く。一番強そうな奴を真っ先に倒す。飛んで跳ねて、鉄扇の音だけ。音がする度にばたばた敵が倒れた。

大胆というか怖さ知らずのお房は、敵の倒れる数に合わせて、十個包みの饅頭を六個も食べて、

「片付きましたねえ。このお饅頭、とても美味しいですよ」

「怖くなかったかね」

「旦那の腕を信じていますし、相手のごろつき浪人など、子供より鈍い腕では〝丸腰だんな〟に勝てないからね」

「たいした自信だな、お房さんも眼力と度胸がぐんと強くなったね。おや、私の饅頭は」

「はい、残してあります。でも、相手の人数が多ければ、なくなっていたでし

ょうね」

茶目っ気もあるお房の笑い声だった。饅頭を食べながら闘争を見ていたお房に、さすがの啓三郎も驚いた。

その町を去り、温泉場のある町にやって来た。宿で隣の部屋から娘の泣き声がする。親子連れのようで、話し声もひそひそと深刻に聞こえた。どうやら娘が身売りするための親子別れの悲しみのようであった。お房と相談をして、お房が事情を聞くことにした。

思った通りであった。幸いに仲買人や仲介なしであった。親子の里が、啓三郎たち二人が通り過ぎて来た農村であった。親子を送って、引き返すはめになった。親子を連れて娘の里にまで出掛ける二人、またまた厄介な事件に巻き込まれることになった。

集落は四十八戸の小さな村。四方小山に囲まれて、田畑は働けば食える程度、現金収入は炭焼き、ワラ細工などで、細々と暮らしを立てていた。

娘の身売りは、病気の母を救う医者代、薬代のため。高価な薬でも母の病気が治るならと、奉公に出る決心をした娘。元気であれば親子三人何とか生活できたが、母親の苦しむ姿を見るに堪えられなかった父と娘の心境が哀れでならなかった。ついに、暫時その村に留まることにした。

さて、それからが大変だった。竹薮が多くあって、タケノコも特産品であった。これに目をつけた啓三郎が、〝竹炭〟の生産に乗り出すことになった。村長《むらおさ》と相談して住民に〝竹炭〟の価値を教え、販売先を調えることになった。忍法修行五年の山暮らし体験を生かし、村おこしを決意した。村民の生活環境から始めて、現金収入の道を開かなくてはならなかった。お房も一生懸命に働いた。

竹炭の生産は大成功であった。茶道大家からの多量の注文が来るようになった。もともと、働くことが好きな農家の人々である。指導監督を正しくやれば、共同作業で成果があがる。娘の母の病気も快復した。村民は素直でよく働く人々ばかりだった。娘の身売り問題も、村長に相談すれば村中で解決できたであろう〝思いやり助け合い〟の強い村落であった。

一年半の歳月は、あっという間に過ぎた。村民の尊敬と感謝を受けて、二人の気分は爽快であった。また、楽しくもあった。存外の日数を費やした二人だが、今度来るときあれば集落の発展と活気が見られるであろう楽しみが、苦労を忘れさせてくれた。子供たちへの教育、躾《しつけ》もしっかりと役目を果たしておいた。町おこし、村おこし、人間改善にも励んだ二人の大仕事は、一村落の存亡を左右したのである。

一時的感情で惹起する同情では、人は救い難い。啓三郎とお房のやり遂げたことこそ、真実の人間愛に燃えた行動であった。

自分の行動と成果を振り返って、〝善い事をした〟と満足できる喜びが、たまらなく快感を呼ぶ。二人の旅は、その喜びを求めて歩く快楽の旅でもある。〝丸腰だんな〟の行くところ、悪を懲らしめ、人助け、美徳が重なった。

賑わいのある町中を歩いていた。軒に並ぶ店の品物に触ったり眺めたり、植木屋の前に立ち止まって一鉢手にして眺めていたとき、突然横合いから突き出された〝あいくち〟。身をかわし、持っていた鉢で相手の頭をごつん。鉢が壊れ、相手はその場に長くのびていた。

「やあ、これはすまぬ。鉢は幾らだね」

植木屋の親父がびっくり。危なかった自分のことより、鉢代の心配が先。

「とんでもないこと、危ないところでした。ご無事でなにより、なあに、鉢代などいりませんよ」

啓三郎の早業、親父の気っ風、やじ馬連中も大喜びだった。

啓三郎にとっちめられたスリ仲間の一人であった。見回り親分が飛んで来て、名立てのスリを引っ立てて手柄顔であった。

腹を空かした子供の兄弟、兄が盛んになだめているが弟が動かない。兄が決心したのか、餅屋の店先を窺っている。

「お房さん、それ、あそこに——」

お房は合点して兄弟の側に駆け寄り、

「おなかが空いているんだね、ほら、お握りだよ」

常に用意の弁当である。兄弟の喜ぶ顔で二人は満腹であった。

兄弟は、この町にいる母親を訪ねて来た。だが以前いた店には母親はいなかった。訪ねあぐんでの事情だった。また二人の人情の虫が承知しなかった。母親探しが始まった。

母の名はお絹、兄が信助、弟信太。兄弟を連れて宿に着き、手配をしたが、この町にはいないことが判明。隣の町に引っ越して男と同居しているらしい。訪ねて行って驚いた。男の食い物にされて、色街で働かされていた。送金も音信不通もそのためであった。

二人の虫が納まらない。親子兄弟の暮らし向きが立つまで面倒を見なくては、旅立ちできない。

早速に隣町に出掛けた。温泉町のようで、賑わっていた。飯屋で食事をしながら町の様子を聞くと、越殿町という新地があって、人の流れが盛んであるとのこと。そこで男と並んで歩く母親を路上で発見した兄弟が、大声あげて駆け寄った。母親の驚いた顔。

「やいやい、ガキども、俺の女房におっ母さんだと？　俺はな、てめえたちのようなガキを持った覚えはねえぞ」

足蹴にするのを、啓三郎がひょいと横に払ったら、ひっくり返った。兄弟は母に飛びつき、母は二人を両脇に抱いて泣く。男は尻を撫でながら、

「おい、さんぴん、やりぁがったな！　俺様に楯突いて、この町を無事に出られると思ったら大間違いだぞ！」

「さようですか、では、無事安泰にあの親子共々に出られるよう計らってください」

「まず俺に乱暴した詫びをいれたら許さんものでもねえがな」

「どうすれば宜しいので？」

「まあ、詫び料に十両、世話代に十両というところかなあ」

「やはり、おまえさんは、ごろつきだね」

「なんだと、やい、見損なうなよ！　俺っちの親分は『お稲荷源太』様だぞ」

「お狐さんかい……」

「ふざけるな、歴とした土地の大親分だ」

やりとりしている間に、お房が親子三人を近くの旅籠に連れ込んで隠してしまった。

「あれえ、やい、俺の女房を誘拐したな……」

「誘拐は、おまえさんだろう。お絹さんを騙して働かせて、金を貪る不届き者！」

押さえ付けられて散々に説教され、捨てぜりふを残して逃げては行ったが、このままではすまぬだろうと警戒した。

お房の目印の宿に入ると、親子三人とお房が待っていた。五人一緒に宿泊。

事情により親子を助けることになったが――。

思った通り、〝お稲荷源太〟が子分を連れて宿屋にやってきた。

「亭主！　ここに親子三人を連れた二人の旅人がいるだろう」

「はいはい、〝丸腰だんな〟のことですな。直ぐに呼んで来ます」

「ちょっと待て。今何て言った？」

「はい。〝丸腰だんな〟と言いましたが」

「待て、待て、〝丸腰だんな〟と言ったな？」

あとずさりして、

「まあいい、またあとでな……」

慌てて外へ出た。

「ばっかやろう！　〝丸腰だんな〟に手向かいやがって。てめえはもう子分じゃねえ、ここから消えろ！」

かんかんに叱られ、誘拐男は追い出されてしまった。

夕刻になって、〝お稲荷源太〟が服装整えやって来た。子分の失礼の詫びと言い訳に来たのである。

「兄弟の母お絹さんとは、千太の奴が夫婦になったって言うので認めていたんですが……、それがそのう……」

「親分は、子分の行状に目を配り、町のため監督するのがお仕事だ。今回は、親子元通りに暮らしがつくよう取り計らってもらいたい」

源太が約束して親子を引き受けてくれた。〝丸腰だんな〟の名声ますます向上。千太が子供への手紙も仕送りの金も取り上げていたから事件になったのである。よかったよかった。と旅は続いて、やがて思わぬ騒動の渦中に引き込まれていく。

比べ馬

源太の町から三里ばかり離れた、大草原の広がる村落を通り過ぎようとしていた。

先方から馬に跨がる侍が疾風のように走り来る。よほどの名馬であろう、疾走する姿が実に美しい。しかし、乗り手が未熟のようで、あぶなっかしいものだった。草原の周りをぐるぐる回っていたが、馬が急に棹立ち、侍がごろりと落馬した。運悪く二人の近くであった。大きな蛇がぞろぞろと逃げていった。馬から落ちた侍が失心して転んでいる。捨ててはおけず看護していた。気がついた侍は、礼を言うどころか、

「そなたたち、拙者の乗馬を邪魔したな」

一刀両断の構えで詰め寄った。

「私たちは通りかかって見学させていただいていましたが、お邪魔など致しておりません」

「黙れ、馬が急に棹立ったのは、お前たちが邪魔したからだ！」

聞く耳なしの憤慨。そして乗馬も下手だが剣道もさっぱり。適当にあしらっていると、家来が息を切らせながら駆けつけてきた。事情がわかって侍の屋敷まで同道することになった。屋敷は遠くない場所であったが、お房はいささか心配だった。

近く重臣同士の〝比べ馬〟が城主の前で行われる。つまり、御前試合である。各家老が日割りをして、この広場を使用して練習することになっていた。先に出掛けて郎党たちに上達の腕を自慢するための騒動だった。

主人の姿を見失った家来の心配は、同情するところであった。ようやく広場に来て見ればこの始末。二人の態度と言葉遣いで現場の状況を判断した家来にも、立派な者がいるなと啓三郎は思った。当家には馬術に長《た》けた者がおらず、若い主人が一人力んでいるが、しょせん恥をかくだけ。辞退すれば済むのだが、負けず嫌いの強情者の主人に手を焼いている始末だった。

あれだけの名馬を持ちながら、乗り手が下手では勝負にならない。啓三郎、持ち前の好奇心がむくむく。

「立派な名馬を持ちながら惜しいものですなあ」

残念そうに馬をなでた。

「ご貴殿、この馬の価値がわかりますか！」

「いささか心得はありますが――」

ひっかけた物言いに、

「この馬、乗りこなしてみせていただけないか」

先方、乗ってきた。

それでは、と広場に引き返し、啓三郎久々の乗馬である。さすが名馬、乗り手の腕がわかるのか、高くいななき、やる気十分。一回り手綱を取って歩くだけ。馬が駆け出したときには、啓三郎の姿が見えなかった。一同、失敗？　と目を閉じ、再び開いたときは、広場が狭く見えるほどの疾走ぶり、あまりの鮮やかさに万雷の拍手。汗を拭き拭き、

「素晴らしい馬ですね」

再び屋敷に通されて歓待され、「是非とも当家の馬術指南役をお願いしたい」の申し入れ。啓三郎、考えてお房の顔を見た。おやめなさいという顔をしていた。

「実は私の実家で両親が待っています。指南役はご辞退します。しかし、比べ馬に出場できるのであれば、しばらく逗留致してもよいが……」

好奇心の虫がまたまたむくむく。一同相談の上で、当家の縁筋との触れ込みで、競馬に出場することになった。啓三郎もあれだけの馬を思いきり乗りこなしてみたいのが本心。主人はケガで出場できないので、新藤啓三郎の代理出場が許された。

いよいよ本番の日を迎えた。広場には自慢の馬、騎手が時の来るのを待ち構え、周辺は応援の侍、町人でいっぱい。固唾を呑んで見守っている。

一段高い所の天幕で、城主たちが楽しみ顔に待っている。みな馬術、競馬が大好きで毎年開かれ、当地の名物行事にもなっている。開放的で自信があれば重役推薦で出場が許されている。賞金もさることながら、競馬に勝てばお城勤めの出世の機会ともなる。

二十三頭が轡《くつわ》を並べた。合図で一斉に飛び出した。啓三郎は五番手ぐらいを走っていた。広場六周が勝負である。二周目、啓三郎の前を走る騎手が、鞭を振り回して追い抜こうとする馬を妨害している。

馬術心得に長けた者しかわからない仕業。我慢できない啓三郎は、追い抜きするため右手に近寄り、振り回す鞭を自分の鞭で巻き上げてしまった。一瞬の出来事、鞭をなくした騎手がどんどん下がって行く、啓三郎は二番手に上がった。やいのやいのの声しきり、最終の直線にかかった。先頭と轡が並んだ。終点では啓三郎の馬が首半分の勝利となった。

屋敷で引き留められたが、二人は旅の空が恋しくてたまらない。久しぶりの馬乗りに疲れもあって、早目に宿場で体を休めたかった。

町外れまで来ると、競馬で鞭を奪われた武士が、恨みを果たそうと待っていた。

「拙者、村岡政好と申す者、最前の仕返し、勝負する」

自分の仕業の悪さを考えず人を恨む者にろくな奴はいない。でも名乗りを挙げて勝負を挑まれては引くわけにもいかない。

「私は、新藤啓三郎です。好まぬことながらお相手致そう」

鉄扇を右手にぶら下げて立った。相手の油断ならない腕前に、〝丸腰だんな〟の本性を発揮して戦った。相手は肩の骨が砕けたであろう、しばらく動けなかった。足を速めて次の宿探しに急いだ。

宿屋に入って雨が降り出した。老婆が入って来て一泊を頼んだ。あいにく啓三郎たち二人が最後で満室であった。老婆はへたへたと土間にへたりこんでしまった。

「ご亭主、このお方と相部屋ではいかがかな」

亭主も喜んで老婆を案内した。お房の親切な世話焼きが始まった。老婆は安心と喜びで疲れが一遍に吹き出したか、急な病で寝込んでしまった。

二人の宿住まいが始まった。寝込んだ老婆を見捨てることのできる二人ではない。手厚い看護で老婆が元気になった。二人は安心して旅立った。


道中でお房が、自分の正体を明かし始めた。御殿勤めで働いているとき、好きになった男が啓三郎と瓜二つ。夫婦《めおと》約束をして交際していたが、友達の喧嘩の仲裁に入って殺されてしまった。悲しみのあまり御殿勤めを辞めて、旅に出たが苦労の連続、病気で動けなくなった。そんなお房を助けて、働かせてくれたのが泉屋の女将さんだった。お礼奉公兼ねて女中をしていたところに啓三郎が現れ、あきらめきれずに追って来たというわけ。人生の機微・味わいは人それぞれに違っていても、男と女はまた格別。ついに啓三郎も心許した女として連れ添う決意をした。

宿場の主に、祝言の真似事でもしたいと申し出た。さて大変なことになった。〝丸腰だんな〟の祝言だと聞き、町から町、方々から大勢のお祝い、見物で大賑わい。出店まで出る騒ぎとなった。宿の主人も鼻が高い。大祝言とあいなった。

町の八幡様も乗り出して、神主も一人や二人ではない。大大名の祝言のようであった。人の人情の厚さに泣かされた二人だった。

晴れて夫婦となったからには旅を続けるわけにもいかない。新居も用意してくれた。いよいよこの八幡町で旅の終局を迎えることになった。新所帯の世話は、隣近所のかみさんたちが、入れ代わり立ち代わり面倒をみてくれる。旅で続けた所業が、今となって嬉しく啓三郎に返ってきたのである。有名な〝丸腰だんな〟がお住まいの町として、八幡町も自慢、人の出入りもかなり多くなった。

夫婦の仲も良く、お房も人気者。女の幸せこれに優るものなし。長閑《のどか》な生活がしばし続いた。

八幡町の生活は、二人にとっては天国に感じられた。だが無職でこれから先を過ごすことはできない。空き家になっていた剣術道場があった。少し改造すれば立派に使える建物であった。世話役も大勢あって、たちまち剣術指南道場が開業された。〝新藤啓三郎〟というより〝丸腰だんな〟のほうが通りが良く、評判たちまち近隣にまで及んだ。六十人の入門希望者があり、まず三十人の入門が許された。

「〝夢想信念流〟指南・新藤啓三郎」の大看板が掲げられた。旅のつれづれに編み出した独自の技、〝斬らずして倒す〟心の剣が売り物であった。道場は繁盛した。道場ともなれば他流試合は付き物、しかし、啓三郎の道場は他流試合厳禁であった。

「頼もう――」

やはり他流試合の修行者の出入りはあった。

「当道場は他流試合厳禁です。ただし一日入門ならば許します」

これが主張だった。

「うん、おもしろい。入門料が目当てであろうが、幾らだ」

「入門試合ですから、ただですな……」

「なにい?」

「ただし、試合で負けたら道場の清掃でもしていただきますかな」

かんかんになって道場に上がり込んだ修行者、持参の木刀を構えて待った。

「では、お相手致そう」

鉄扇に似せた小さな木刀を手にして相対した。修行者もかなりの腕のようだが、うぬぼれ剣法。しょせん啓三郎の相手ではない。打ち込んで、そのまま道場の柱に頭をごつん。約束どおり道場の拭き掃除をして帰った。

真実の剣士は、厳禁の道場に試合申し込みなどしない。武士道に外れるからである。作法心得なき者は無頼の類で、真実剣法の修行者とは見なされない。特に啓三郎の道場は人間修行の場であった。

人間修行の場

お房は、すっかり奥様稼業が板について、お茶、生け花、お料理の講習で女性に大人気。若い娘からお年寄りまで出入りして、毎日休みなしの忙しさ。八幡町に新しい名所が出来たようなもの。〝丸腰だんな〟見たさに押しかけて来る人もかなり多くあった。最近では啓三郎の人柄と博識を見込んで、身の上相談に来る人までが多くなった。

お房こそ、真実の女性であった。夫に尽くすというよりも、自分を大切にする。それが、即ち自分の夫を愛し、愛する人のために尽くして死ぬる覚悟が生まれる。女の本当の幸せは、愛する人に命を捧げて尽くす本能の充実。これこそが女の真の美しさである。男も同じである。愛する女性に、生命をなげうつ勇気と決意があってこそ、健全な家庭が構築できる。お手本となる家庭生活は、啓三郎とお房の夫婦生活の中にその実態を見ることができる。あの時、裸体で啓三郎に迫ったとき、お房は〝死〟を覚悟していたに違いない。その心の現れを悟ったればこそ、啓三郎の魂も寄り添う愛を与えたのであろう。人のために尽くしてやまぬ〝丸腰だんな〟、誠の勇士といえるものがある。

やがて待望の男子誕生。房一郎と命名された。八幡町挙げて大喜び、お祭り騒ぎであった。新藤房一郎はすくすくと育った。

八幡町に大事件が発生した。平和で穏やかな暮らし良い町に、悪代官が赴任して来た。町民の暮らしを脅かす悪政が布《し》かれた。と同時にたちの悪い〝やくざ一家〟が住み着いた。八幡町の平和の守り神〝丸腰だんな〟の活躍舞台の幕がまた開けられた。

苦労なく暮らした人間が困窮生活に陥ったとき、いかにそれを乗り切るか。平和な生活を楽しんでいるときに、突然に平和が乱れる事態に襲われたとき、いかに対処するか。集団生活の人生模様は千変万化で、さまざまなかたちで現れてくるもの。

八幡町に、まさに異変が起こったのである。貪欲で蓄財だけを生きがいとしている人間が代官役として赴任してきたのだからたまらない。おまけに、ごろつき浪人まで入り込んで来た。やくざの親分が、金に糸目をつけずに代官に取り入る。平和から一変して八幡町に事件の旋風が吹き荒れ始めた。

町民は〝丸腰だんな〟に期待した。それでも、以前のような新藤家への出入りにためらいを見せはじめた。ごろつき奴《やっこ》ややくざ者が、啓三郎の周りをうろうろしては嫌がらせを始めたからである。

町のあちこちで騒動が発生した。啓三郎は度々出向き活躍した。しかし、代官役人に直談判しても、のらりくらりで効果はなかった。決意して飛脚を実家の義弟に送った。義弟の行動は素早かった。当地の城主に伝達され、電光石火、悪代官、やくざは成敗された。町が元に戻った。

だが、子育てと心労もあって、お房が病床に伏せた。成長期にある四歳の房一郎は、子供心にも親を思う心が強かった。父の啓三郎に従って勉強し、武芸の鍛錬に励んだ。自分が明るく健康であることが、一番の母への孝行だと考えていた。母に心配をかけないよう振る舞う房一郎がいとおしくてたまらない啓三郎だった。

一方で、底知れぬ啓三郎の力に、ますます八幡町民の期待がかかった。啓三郎も、命ある限り八幡町の繁栄に全力を尽くす覚悟であった。

ある日中年を越した武士が訪ねてきた。話では、事情あって城勤めを辞め五年になる。家内の病気看護で財産を使い果たした。何か食べるだけでも収入を得たいが思うようにはいかない。幸いに書道では自信がある。ここには若い人や子供の出入りも多い。書道指南の役を与えていただきたい、との申し入れであった。人物風格からして、真面目な人柄が感じられた。

啓三郎も、自分に頼みに来るまでの心境を思いはかって「何とか考えましょう」とその日は帰したが、ちょうど道場の横に門弟たちの休息室が空いている。

そこで書道教室をひらかせることにした。

田口与左衛門の働き場所が出来た。田口氏の指導もなかなかのもので、啓三郎の推薦で門弟が次々と増えた。

お房の病気も快復に向かった。全快の暁には、またお花お茶と忙しかろう。いっそのこと諸芸教室と改めて町民全体に開放してはと、関係諸氏に相談を持ちかけた。一同、大賛成であった。

費用その他準備万端は、町の顔役が引き受けた。たちまちに、「八幡町諸芸教室」が設立された。お房の全快祝いも兼ねて、祝賀の会が盛大に開かれた。

その頃は八幡町の人口も増大するばかり、町は活気にあふれ、財政も豊かで大きく向上していた。町の欠点は、医者の少ないことであった。啓三郎の友人が長崎で修行していることを思い出した。松村高次・三十三歳、白羽の矢を立てて交渉にあたった。彼は、啓三郎の評判を耳にしていた。喜んで八幡町に来てくれることになった。医師宅も用意された。万事順調に事が進んだ。

町が大きくなると、いろいろな商売が開店した。八幡町の住民を迷わす新興宗教も生まれた。人の心に入り込んで精神的動揺を与えて誘導し、金銭を騙し取るのである。

道路をふさぐほどの行列ができて、交通がままならない町角に、きんきらに飾り立てた乗り物がとまっていた。

〝ご神殿様〟のお出掛けである。行く先は酒造り名人と言われている樽屋半助の家らしい。半助の母が長患いで寝たきりでいる。〝ご神殿様〟が神通力で寝たきり老人をお助けくださるとのことである。仰々しく行列を仕立てて樽屋に到着。神殿行事が終わるまでは、絶対に病人の部屋に入ることまかりならぬと厳重なるお達し。

やがて神事が終わったのか〝ご神殿様〟のお帰り。

「神様の御加護で、ぐっすりとお眠りである。明日の朝には元気な姿で皆様にお会いになるであろう。このまま静かにお休みなさるよう注意しなさい。騒がしくして神のお怒りに触れないように。騒がしくして万一の事があっても責任は持てませんぞ」

樽屋では、朝になれば母御の元気な顔が見られると期待した。奉公人も里に帰らせ、静かに、静かに朝を待った。

夜が明けて、昼前になっても病人の部屋は、ことりとした音さえ聞こえない。たまりかねた半助が部屋に飛び込んだときは、母御は冷たい骸《むくろ》となっていた。二百両もの大金を払ってご祈祷してもらった愚かさを悟ったときは、すでに〝ご神殿様〟は八幡町から遠く離れた町の人気のない所で鎮座していた。一芝居で二百両、丸儲けのごろつきども。しかし、信心した半助にも、人間としての弱点が母を早死にさせる原因をつくったという責任があったとも言える。

恐ろしいのは人間の精神作用の交差である。新興宗教に凝る人たちへの大きな警告とも考えられる事件であった。松村医師の診断では、一時抑えの「アヘン」が鑑定された。

酒造りの半助は、早く医師に相談しておれば母は助かったであろうに、〝ご神殿様〟に凝って祈祷ばかりに金を使っていた。狂乱した半助が自らの命を絶ったのも、運命の致すところであったのだろうか。

八幡町住民も目覚めた。八幡町諸芸教室は八幡町民の生活の拠り所でもあった。小さな出来事も、些細な悩みも相談に乗ってくれる啓三郎こそ、八幡町の守護神であった。ゆえに、ますます研鑽し努力を惜しまない啓三郎であった。

房一郎十五歳となった。元服も、武士の祝い事を避けて、教室に通う者全員で祝うことにした。もちろん町の関係者も参加した。近郷近在からも参加者がぞくぞく駆けつけた。皆で房一郎の成人を見守っていたのである。大きく広い人情の集まりとなった。

「皆様のお陰で房一郎も一人前になりました。『人のために尽くす』、ただそれだけの考えで自分の力の限りを尽くして来ましたが、八幡町は、私の最高の生活の場でありました。房一郎も、私同様に今後も可愛がってやってください」

些かの奢り高ぶりもない挨拶に、全員感動して泣いた。

房一郎を中心に、あらたなる諸芸教室が進行を始めた。万事順調な「八幡町諸芸教室」に、啓三郎としても何の心配もなくなった。

再び旅へ

啓三郎夫妻は諸国を回る旅を決意した。平安な生活のできる身分となり、しかも年を取ってからの旅立ちは八幡町全員が賛成しなかった。だが「旅に出て、旅で終わりたい」という、夫妻の固い決心には反対できなかった。啓三郎四十六歳、房四十一歳、若くはない旅立ちであった。二人は若さを取り戻したかのように弾んでいた。心一致した夫婦の、生涯をかけた旅がつづくことになった。以前の旅立ちには、特別な事情と、勧善懲悪の信念と活動があった。だが今度の旅は、充実した人間の冒険と歓喜を求めての旅である。夫婦相和して同行の旅ができるのは、幸せの頂上に登りきった思いがある。

初老の夫婦が、外孫の顔でも見に行くような服装で、〝丸腰だんな〟の風情はどこにもなかった。

「お房、懐だけは注意しなくてはならないなあ」

「解っていますよ。あなただって油断なさいますな」

町角から二人の後先をつけまわす、遊び人風の若者に気がついていた。旅には慣れた二人でも、スリには十分注意をはらっていた。

「スリにも名人がいて、狙われたが最後、やられるぞ」

「脅かさないでくださいな。私だって〝丸腰だんな〟の家内ですからね、少しは心得がありますよ」

笑いながらやり取りしつつ、茶屋を見つけて一休み。若者も下手に腰を下ろした。二人が歩き出すとまたつけてくる。

「お房、ちょっと聞いてみようかね」

「そうですね、それもまた面白いかも」

「おいおい、面白がって、油断しなさんなよ」

会話しつつ足を止め、

「どうして私たちの後をしつこくつけまわすのですか」

どきり、とした若者、突然地べたに手をつき、

「許してください、黙って後をつけたりして。おれ……、わたしは長吉といいます。噂の〝丸腰だんな〟に助けてもらいたいことがあって、いえ、ありまして――」

町人の息子のようで、しどろもどろ一生懸命に語り出した。

「道中では話もみえない。宿を探してそこでゆっくり聞きましょう」

若者、大喜びして駆け出して行ったが、やがて駆け戻り、宿にと案内をした。

これが、大事件の発端でもあった。

狭間長吉十二歳、元藩士の父が、友人と争い斬り殺された。友人が上役に諂《へつら》い、金の力で父が泥酔して乱暴したことになり、お家は断絶で家族もろとも藩を追放になった。母は病気になり、姉が身売りして看護したが死亡。きっと仇討ちするぞと決心して働き、路銀が出来たので八幡町までたどり着いた日

が、二人の旅立ちの日であった。

狭間長吉の話に同情した二人、そして、やはり〃丸腰だんな〃、性分は年を取っていなかった。義弟に調査を依頼した。長吉の父を斬った相手は、城にいづらくなって逐電し行方不明とのこと。八方手を尽くし探索してくれることになった。長吉は二人に従って暫時行動することになって、三人旅となった。

長吉はよく気の利く少年で、二人を世話するのに懸命に努力した。道中常々に学問、剣術にも励んだ。やはりもとは武士の子、腕はめきめき上達した。長吉は腕力に弱点はあるが、身のこなしは迅速であった。頭脳明晰と言わずも、真面目さと信念の強さは啓三郎の認めるところであった。かわいくて我が子のように指導した。

ある日、長吉の足元に子犬が一匹近付いて、しきりに足をなめる。くりくりした目、顔全体に人恋しい表情があって、〃私を助けてください〃と言っているようだった。

「おや、かわいらしい子犬さん。長吉さん、あんたが好きなようですね」

と、お房も頭をなでた。子犬は長吉の膝に飛び乗って、哀願の風情を見せた。

「長吉さんがよほど好きらしい。誰かに飼われた犬であろうに」

休息している茶屋の婆さんが、

「この子犬は、二、三日前にちょうどこのお方のような若者が連れていましたが、きっと捨てられたのでしょう」

と言った。

三人が歩き出した。子犬も長吉の側を離れず歩く。連れて行くわけにもいかず茶屋の前に戻したが、懸命に後を追って来る。笑いながら三人は足を速めた。よたよたしながら懸命に後を追う子犬だったが、力尽きたのか、やがてへたり込んでしまった。三人を見送る姿が哀れであった。

ついに長吉が駆け戻り抱き上げた。子犬は腹を空かしていたのである。三人は、茶屋まで後戻りして、食べ物を与えた。なぜか捨てては行けない気持ちになった。長吉が面倒を見ることになり、子犬は救われた。

子犬が側に来てすぐに、不思議なことに気がついた。子犬の鳴いた声を一度も耳にしないのである。鳴かない犬。結論は、声の出ない障害のある子犬だった。思案はしたが、三人一致してやはり連れて回ることにした。世話役はこれまで通り長吉が拝命。

三人と子犬一匹。家族が増えて賑やかな旅となった。

長吉仇討ち本懐

宿に着くのに一思案あった。犬を連れての泊まりは面倒であった。物言わぬを幸いに、長吉が懐に入れて泊まり込んだ。〝けんた〟は賢い犬のようで、思ったほどに面倒がかからなかった。用便には、長吉の耳をかんで知らせた。以前飼っていた人たちが躾していたらしい。長吉も初めは戸惑ったが、犬の顔付き、しぐさで用件がわかるようになった。〝けんた〟の参加で楽しくなった三人と一匹の道中。

〝けんた〟が、「大海屋《たいかい》」大看板の戸口で足を止め、動かなくなった。長吉の顔をしきりに眺めて、何かを訴えている風情。やがて、二人の浪人が前、一人が後、主人らしき人を護衛しながら出て来た。後の浪人の足元に〝けんた〟が近寄った。浪人が、足を上げて追い払う格好をした。そのとき見せた羽織の紋所、これぞ長吉が捜し求めていた敵《かたき》だった。焦る長吉を宥《なだ》め、計画を練ることになった。大海屋の近くに宿をとり、仇討ちの準備を整えた。

〝けんた〟が敵の早川伝間に近付いたのは、長吉が常に懐の中に抱いている、敵の目安となる印籠に付着していた匂いが同じであったからである。長吉の懐の匂いで敵に近付いた〝けんた〟の大手柄だった。役所への届け、敵の動向を見張るなど、日を定め本懐の時を待った。

大海屋では、雇い用心棒が敵持ちと聞いて驚いたが、役所からの通達で日を定め、決闘に応じることになった。当日、長吉には啓三郎が付き添い、伝間には同僚の二人の浪人が助太刀することとなった。

場所は海が一望できる〝魚見台〟の広場。日の出を待って仇討ちの闘いが始まった。

啓三郎は海を背にして長吉に身構えさせた。足場は伝間に有利だったが、波の光が伝間の目に当たり、目標を定めにくい難点があった。

腕は互角に見えた。長吉は、師の教えどおり、敵の動きを感じた瞬間に飛び込むつもり。精神を集中して相手の目を見詰めていた。波の音が一段と強く響き、伝間の目がちらり動いた。その刹那、長吉の刃が伝間の胸元に突き刺さった。一瞬逃さず飛び込んだ長吉の勝利であった。助太刀の浪人二人は闘いを放棄して逃げてしまった。

仇討ち本懐を遂げたが、郷里に帰っても家族のない長吉は、啓三郎の旅に付き添っていくことになった。

鬼退治

三人と一匹。〝けんた〟も、すっかり家族連れの気分。悠然とした旅には、名所古跡を回るに絶好の観光の味わいがあった。しかし、回る世間に鬼がいた。夕暮れ、農家の連なる村落を通りかかった。お房の疲れを思いやって、一泊の宿を頼むつもりであったが、村人の様子が異常であった。

昨年は不作で、農家はその日の生活もままならない状況。娘の一人を山の鬼神様に差し出せば、「今年は豊年間違いなし」との通達が、村一番の器量よしで、十八になる〝うめ〟に届いた。差出人は〝鬼神〟とあり、「今夜の丑三つ時に、三本松のふもとに連れて来い。これに背けば農家一戸残らず灰になる」とのお告げがあって大騒ぎ。うめの実家親戚一同相談の末、村のためになるならばと承知。聞けば笑い話でも、農家の人たちには深刻な問題であった。

庄屋勘兵衛の真剣な話に、笑うわけにもいかない三人が、〝鬼退治〟を引き受けた。後の祟りを恐れる農家の人たちを説得して、三人と一匹が時刻を見計らって鬼の指定場所に出掛けた。長吉に娘の着物を着せた姿がこっけいであったが、なかなか娘姿も悪くないと当人は乗り気。指定場所から離れて潜むのは啓三郎と犬けんた。むやみに飛び出さないよう犬をしっかり押さえながら、時を待つ。

鬼面をかぶった男が二人、

「娘おうめか！」

黙ってうなずく長吉。

「一緒に来い」

鬼が手を引こうとした一瞬、長吉の手が鬼の手を取り背負い投げ、見事にすっ飛んだ鬼。後の一人が斬りかかろうとしたとき、けんたが駆け出して飛びついた。

慌てる二人を取り押さえた啓三郎は、

「ただの物取りならば許せるが、あまりにも卑劣だ。仲間はどこだ」

隠れていた仲間五人が逃げ出しにかかったが、啓三郎と長吉が一人残さず取り押さえた。村役人や農家の人々が、鬼の男たちを引っ立てた。

おうめが長吉に一目惚れ。庄屋を始め村人の嘆願で、長吉は村への移住を決心した。

長吉の幸せを祈りながら、啓三郎とお房の二人旅が続くことになった。

今度こそ、二人だけの旅。だが、なぜか寂しさが込み上げてくる二人だった。二人は心に秘めた思いを胸に、次々と宿場泊まりを重ねていった。

ドブンと水の音。誰かが川に飛び込んだか、落ちた音である。横に川は流れているが、場所がわからない。と、ぽっかり浮き上がった菰《こも》包み、よく見ると人の足が見えている。引き揚げて看護した。息切れ切れの瀬戸際であった。

菰包みの男は、啓三郎の秘術の看護で助かった。町の半端やくざで、博打《ばくち》で負けた金が払えず制裁を受けたのである。それにしても非道な行いは許せない。番所に願い出て博打場の手入れをしてもらった。人助けはしたが、多くの博徒から狙われるはめになった。

二人の旅に、たちまち博徒たちが立ちふさがった。行く先々で三人、四人と因縁をつけては襲いかかって来た。その都度、啓三郎に痛めつけられ降参した。次第に啓三郎が〝丸腰だんな〟と知れ渡り、襲って来る博徒はいなくなった。

八幡町からの毎月の為替飛脚で、啓三郎に初孫の知らせが届いた。旅よりも、初孫見たさが先に立った。ついに引き返すことになった。

双子の兄にも会いたい気持ちが辛抱できなくもなっていた。秘密事項も年代と共に解消して、お城も安泰で盤石の政策が布《し》かれ、庶民の生活も潤っていると認識している啓三郎であったが、やはり自分の目で確認したい思いが強かった。お房も同じ思いを抱いていた。引き返しの足取りは速かった。特にお房には、世話になった宿屋を飛び出したお詫びの気持ちがつのり、女将に会いたかった。

二人の心は飯田町、八幡町へと飛んでいた。井泉の親父、元気でいるだろうか。思い出話で、退屈しない戻り道中であった。

長吉が腰を落ちつけた鬼退治の村落は、平和を取り戻し村民一丸となって働いていた。荒れた田圃も畑も、豊かな実りを見せるようになった。長吉は村長《むらおさ》に祭り上げられ、大活躍していた。長吉とおうめの仲は人が羨むほどで、長輔という跡取りも生まれていた。立ち寄って安心と喜びで足取りも軽くなった。

次の宿場にはまだ日の高いうちに着いた。

「お房、来るときずいぶん名所も見物したが、こうして歩いていると、結構見落としがあるものだねえ」

「そうですよ、一度や二度では、とてもとても見物できるものでありません。欲張らずに、見られるだけ見て、帰りを少し急ぎましょうよ」

「やっぱりお房の本音が出ましたね」

「あなただって、ずいぶん足が速くなりましたよう」

笑いながら並んで歩く。

「待てい」

武家の若様風の三人連れが、二人を睨んで立ちふさがった。

「なぜ我々を笑った——」

「いえいえ、二人で笑い話に花が咲きまして」

と啓三郎が頭を下げた。途端、武士が啓三郎の顔を蹴り上げようとした。啓三郎は、ひょいとかわした。勢い余った若侍がひっくり返った。周りのやじ馬が一斉に笑った。かんかんの三人が啓三郎に斬りかかった。久方ぶりに鉄扇が舞った。

三人の若侍が肩や手、腰を押さえながら逃げて行った。またまたやじ馬が大笑いした。〝丸腰だんな〟の腕はいささかも衰えてはいなかった。

「おやおや、鉄扇は懐に仕舞ってあったはずでしたが、やはり出番がありましたねえ」

お房がにこにこしながら啓三郎の顔をながめた。

「やれやれ、二度と使うこともあるまいと思っていたが、やはりまだ御用済みにはならんようだなあ」

「きっと、あの者たちは『武士の面目』などと言って、そこら辺りで出ますよ。注意しなくては」

「来るだろう……、今度は大勢で」

ほどなく町外れの広場に十人ばかりで待ち受けし、二人を囲んだ。啓三郎、道端で見つけた手頃の木切れを武器に構えた。かくもあろうとの心得で、二人は慌てない。しかしお房は、闘争場面には慣れてはいるが、自分が囲まれ危機に陥ったのは初めて。少し戸惑ったが、啓三郎の側を離れずにいれば大丈夫との安心感があった。

木切れが忙しく音を立てながら踊った。一人も啓三郎の身に触れることさえできなかった。

そこへ、立派な身なりの侍が、若者たちを叱りながら飛び込んで来た。

「お前たち、束になっても敵《かな》うお人ではないぞ。〝丸腰だんな〟を知らぬ不届き者め！」

一喝されて、立ちすくむ若者たち。

「ご無礼致しました。拙者は近くで道場を開いている松上平九郎と申す者、この者たち門弟のご無礼、お詫び致します」

「なあに、若者にありがちのことで……」

多くを言わず立ち去る二人。後を見送る平九郎、〝聞きしに勝る大人物〟と感心していた。

足が捗《はかど》って、お城が見える場所に着いた。この坂を下り、右に回れば八重（つや）の養女先の道場がある。八重にも会いたいが、回り道になる。通り過ぎようと右左の別れ道まで来た。

「えー、丸腰のだんな様で……」

駕籠かきが手もみをしながら聞いた。返事をすると、

「八重様から言いつけられて、二、三日前から待っておりましたので」

と言う。八重が手回しよく手配していたのである。

駕籠に乗せられ八重の道場に到着した。門弟一同が出迎えた。八重の養父は床に臥せっていて、道場は八重の婿が仕切っていた。丁重なもてなしを受け、旅の疲れも癒えた。八重も一緒に実家に帰ってみたい気持ちがあったが、養父が病では勝手もできなかった。名残を惜しみつつ、八重の仕立てた駕籠で次の宿場まで。

町が賑わい、盛んに人々が行き交う姿があった。物静かな町だと思っていた二人は、今日の人出の多いのに戸惑った。ともかく宿にと探したが、どこも満室。すると乗り物に揺られながら町の様子を眺めていた侍が、駕籠から下りて啓三郎の前に立った。

「お忘れでござろうが、拙者は、それ、頭にノミの事件でご貴殿の機転で人殺しをせずに済んだ、堀内三衛門と申す者でござる」

あのときの武士に、このような場所で会うとは、世間は広いようで狭いもの。三衛門の勧めで屋敷に一泊世話になった。世の巡り合い、どこで誰に会うも縁なるかな。善いこと悪いことも、すべて不思議な縁でつながっているものだと、つくづく感じた二人だった。

いよいよ飯田町に入ってきた。お房は故郷に帰ったように弾んでいた。泉屋の女将は亡くなっていて、芸者屋の〃おはん〃が後を受けて立派に経営していた。歓待され、疲れを癒して八幡町へと向かった。八幡町には駕籠で急いだ。

町の様子もだいぶ変わっていた。大きく発展して城下町の風格が整ってきていた。町では、〃丸腰だんな〃のお帰りだと大騒ぎ。

孫の啓司に会ったお房はべたべた。孫は、初めての爺と婆に目をくるくるさせている。笑う顔が「私に似ていますよう」。お房さん大喜び。新藤家一家全員が勢揃いした。

一家の繁栄と八幡町の発展あいまって、お城も平安無事に治まっていた。啓三郎の双子の兄が、城主として健康で手腕を発揮していることを陰ながら喜ぶ啓三郎であった。〃丸腰だんな〃の築きあげた八幡町ではあるが、住民の人柄の良さが町の活性化を促し、大いに盛り上げているところである。

〝諸芸教室〟の人気も八方に広がり、文武両道、花嫁修業の門弟が詰めかけている。人の善悪は心にある。卑しい心を抱く人間は、目の動きに性格素性が表れるものだが、道場に通う人々は、男も女も同等に尊敬されて、立派に成長してゆく。生涯を〝人づくり〟に捧げて努力した啓三郎の苦労と念願が、大きく大きく花開いたのである。

養父、養母も安心して浄土へ旅立った。おじじ、おばば、の愛称で孫に甘えられ、相好くずして夢中のかわいがり方。「やがて曾孫も見られるぞ」と、健康に留意して暮らす啓三郎、お房の幸せ。これぞ〝因果応報〟、二人の徳の積み重ねのなせるところである。

悲喜こもごもの旅から旅で得た体験は、世間を開く指針となって生きている。〝丸腰だんな〟活躍物語、終局を迎えた。

著者プロフィール

松下 ゆきよし（まつした ゆきよし）
大正11年、鳥取県生まれ。
昭和21年、復員後家業に従事。
昭和31年、旬刊倉吉新聞社に入社。
昭和41年～平成11年まで同新聞社社主。
現在、鳥取県倉吉市在住。

丸腰だんな

2002年11月15日　初版第1刷発行

著　者　松下 ゆきよし
発行者　瓜谷 綱延
発行所　株式会社文芸社
〒160-0022　東京都新宿区新宿1－10－1
電話　03-5369-3060（編集）
03-5369-2299（販売）
振替　00190-8-728265

印刷所　株式会社 ユニックス

ISBN4-8355-4745-4 C0093